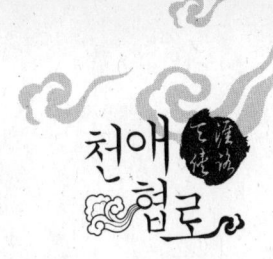

천애협로 3

촌부 新무협 판타지 소설

초판 1쇄 찍은 날 § 2011년 11월 23일
초판 1쇄 펴낸 날 § 2011년 11월 30일

지은이 § 촌부
펴낸이 § 서경석

편집부장 § 권태완
편집책임 § 주소영

펴낸곳 § 도서출판 청어람
등록번호 § 제1081-1-89호
등록일자 § 1999. 5. 31
어람번호 § 제2-2178호

주소 § 경기도 부천시 원미구 심곡2동 163-2 서경B/D 3F (우) 420-822
전화 § 032-656-4452 팩스 § 032-656-4453
http://www.chungeoram.com
E-mail § chungeoram@chungeoram.com

© 촌부, 2011

ISBN 978-89-251-2695-1 04810
ISBN 978-89-251-2651-7 (세트)

※ 파본은 구입하신 서점에서 교환하여 드립니다.
※ 저자와 협의하여 인지를 붙이지 않습니다.
※ 이 책은 도서출판 청어람과 저작자의 계약에 의해 출판된 것이므로,
  무단 전재 및 유포 · 공유를 금합니다.

天涯俠路

천애협로

FANTASTIC ORIENTAL HEROES
조돈형 新무협 판타지 소설

③ 혹한(酷寒)

제1장	협(俠)이란 무엇인가?	7
제2장	움직이지 마라	35
제3장	혈란(血亂)	67
제4장	재회(再會)	95
제5장	두부보리죽	133
제6장	신독패(神毒牌)	165
제7장	자각(自覺)	189
제8장	기연(奇緣)	217
제9장	유랑(流浪)	247
제10장	화마(火魔)	271

第一章
협(俠)이란 무엇인가?

1

 달빛이 은은하게 빛났다. 마치 세상 모두를 따스하게 덮어주려는 것처럼, 보드라운 달빛과 함께 별빛이 춤을 추었다.
 소량은 눈을 지그시 감았다. 늦가을의 평온함과는 달리 소량의 머릿속은 상념으로 가득 차 있었다.
 '도대체 어찌 된 영문인지 알 수가 없구나.'
 소량에게 있어 도천존의 말은 불가해할 뿐이었다. 자신을 두 번째 제자라 칭하는 것도 그렇거니와, 검신 진소월이라는 생소한 무인과의 관계를 묻는 것도 그러했다.

'검신 진소월이라… 들어본 적이 없는 이름이다.'

생각에 생각을 거듭해 보았지만 떠오르는 것은 없었다. 성이 같다는 것이 공통점이라면 공통점이랄까. 하지만 중원에 진(秦) 씨가 드물지 않으니 그 역시 특이할 것 없는 일이다.

"처음 듣는 함자입니다. 그분에 대해 알지 못하니 연관이 있을 리도 없습니다."

"연관이 있을 리가 없다?"

소량의 대답에 도천존이 미간을 찌푸렸다.

"그렇습니다. 검신 진소월이 도대체 어떤 분이기에……."

"하면 너는 어찌하여 일선공을 알고 있는 게냐?"

일선공(一仙功), 혹은 검선지학(劍仙之學)!

한때 고금제일인이라는 칭호로까지 불렸던 검신 진소월의 독문무학으로, 강호에 회자되는 여러 무학 가운데서도 첫손가락에 꼽히는 것이 바로 일선공이었다.

"본래 도가(道家)의 무학은 오행(五行)으로 시작하여 태극(太極), 태허(太虛)에 이른다. 하지만 너의 공력은 달랐다. 감히 오행보다 먼저 음양의 변화에 이르고자 했지."

"저는……."

"네가 감히 나를 속이려 하느냐?"

도천존이 차가운 얼굴로 되뇌며 수도(手刀)를 휘둘렀다.

그와 동시에 날카로운 기세가 소량에게로 쏘아졌다. 삼초식을 받아내었을 때와 같은, 아니, 그보다 더한 기운이었다.

"후우—"

갑작스러운 공격에 당황할 법도 한데 소량의 얼굴은 평온하기만 했다. 기세는 이전보다 대단했을지 모르나 도천존에게서 살기가 느껴지지 않았던 것이다.

소량은 갈지자로 검로를 펼쳐 기세에 대항해 갔다.

이상한 것은 검로가 완성되지도 않았는데 태허일기공의 기운이 요동친다는 점이었다. 마치 당장에라도 천지사방으로 흩어질 것처럼 말이다.

'갑자기 왜 태허일기공이……?'

검로를 수습하자 태허일기공은 아무 일도 없었다는 듯 얌전히 단전으로 되돌아갔다.

소량은 당혹스러운 표정으로 수검했다.

"흥!"

도천존이 불쾌한 듯 콧방귀를 뀌었다. 애써 태연한 척하고 있었으나, 그의 눈가는 미세하게 떨리고 있었다.

'확실히… 검신과는 조금 차이가 있다. 하지만 검신의 무학이 이어진 것만은 분명해.'

도천존이 눈을 지그시 감으며 말했다.

"검신 진소월은 칠십여 년 전의 무인이다. 천하에 무인 된 자 많으나, 하늘 끝에 이른 사람이 있다면 오직 검신뿐일 것이다. 삼천존이라는 허명을 얻은 우리 세 명도 그와 비견한다면 모자란 데가 있지."

대다수의 무인들은 검신의 존재 자체도 모르지만, 하늘 끝에 이르고자 하는 자들은 다르다. 그들은 검신의 무학과 연이 닿았다는 것만으로도 소량을 주시할 터였다.

'강호의 절대자들이 이제 갓 약관이나 넘었음직한 청년을 쫓아 움직이게 되겠지…….'

도천존은 상념에 잠긴 얼굴로 소량을 흘끗 보고는 연호진에게로 걸음을 옮겼다.

소량은 자신으로 인해 한바탕 폭풍이 일어날 것이라고는 꿈에도 상상치 못한 채 의아한 표정만 짓고 있을 따름이었다.

또다시 하늘 끝이라는 말이 나오고야 만 것이다.

"하늘 끝이 도대체 무엇을 뜻하는 것입니까?"

"……."

연호진에게 다가가던 도천존의 신형이 멈칫하는가 싶더니 이내 새하얀 눈동자가 소량에게로 향했다.

잠시 무거운 침묵이 흘렀다.

"하늘 끝이 무엇이냐고 물었느냐?"

도천존의 눈빛이 기이한 열망으로 일렁였다.

"무인 된 자라면 누구나 닿기를 원하는 곳이다. 모든 것이 완성되는 곳, 무극(武極)이자 대각(大覺)이며, 해탈(解脫)이자 진도(眞道)에 이르는 곳! 그곳이 바로 하늘 끝이다!"

천존(天尊)이라고까지 불리는 그가 아직까지도 찾아 헤매는 곳, 그토록 닿고자 했으나 닿지 못한 곳.

"모든 것이 완성되는 곳?"

소량이 더듬더듬 중얼거렸다.

"천자(天子)조차도 구(九)에 이를 뿐, 십(十)에 닿지 못한다! 불가에서도 서역의 경전은 귀퉁이가 찢어져 있다 한다! 그러나 하늘 끝에 이르는 자는 다르다. 그 자체로 완성되거니와 일자(一者)로서 오롯해진다! 그러니 천하에 누가 있어 하늘 끝에 이르려는 욕망을 버릴 수 있겠느냐?"

천상의 궁은 만(萬)에 이르지만, 천자의 궁은 구천구백구십구에 불과하다. 하늘 아래 완전한 것은 없기 때문이다.

불가의 고사에서도 같은 것을 말한다.

죽을 고생을 다하여 서역에 닿은 고승(高僧)이 가져온 불경 역시 귀퉁이가 찢어져 완전성을 잃게 마련이다.

소량이 당혹스러운 표정으로 고개를 저었다.

"저는, 저는 이해할 수가 없습니다."

"훙! 지금의 네가 이해한다면 오히려 우스운 일일 터."

협(俠)이란 무엇인가? 13

도천존이 싸늘하게 냉소를 짓고는 몸을 돌렸다.

"하나 하늘 끝에 도전할 자격을 갖추었으니 너도 언젠가는 알게 될 것이다. 심안(心眼)을 열었으니 어쩌면 내 예상보다 빠를 수도 있겠지."

"심안?"

도천존은 대답하지 않았다. 그저 연호진에게로 다가가 새하얀 눈동자로 그를 내려다볼 뿐이었다.

둘의 대화는 너무 어려워서 한마디도 알아듣지 못했지만, 연호진의 눈은 초롱초롱하기 짝이 없었다.

조금 전에 도천존 할아버지가 말하길, 자기는 셋째 제자고 소량 형아가 둘째 제자라지 않던가! 어쩌면 형아와 함께 할아버지를 따라가게 될지도 모른다.

도천존이 그런 연호진의 머리를 쓰다듬으며 말했다.

"알고 있느냐? 나이에 비하자면 대단하다 할 일이나, 네 무위는 명문의 일대제자만 못하다."

일대제자들 전체와 비교하면 소량이 좀 더 나을지 모른다. 하지만 일대제자 중에서도 수위에 오른 자들과 비교하면 소량의 무학은 밑지는 데가 있다.

"그런 네가 나, 단천화의 삼 초식을 받아낼 수 있었던 것은 심안 덕분이겠지. 네 스승이 그런 것도 가르쳐 주지 않더냐?"

"저는 조모님께 가전무학을 배웠사온데, 그런 말씀은 없으셨습니다."

도대체 무엇을 짐작한 것일까! 빠르게 소량을 돌아본 도천존이 그의 마음속까지 꿰뚫어 보려는 듯 눈을 빛냈다.

"조모께 가전무학을 배웠다? 혹여 광동 사투리를 쓰시는 분이더냐?"

"어, 어떻게 아셨습니까?"

소량의 가슴이 철렁 내려앉았다. 자신의 짐작이 맞았다는 것을 확인한 도천존이 눈을 지그시 감았다.

"진무신모 유월향… 과연 그렇게 된 것이로구나."

검신 진소월처럼, 진무신모 역시 강호에 알려져 있지 않다. 하늘 끝에 이르고자 하는 이들이나 겨우 알 뿐이다.

그러나 일선공을 익힌 데다 광동 사투리를 사용하는 여고수는 천하에 오직 한 명뿐이니, 이견의 여지가 없다.

"진무신모 유월향? 그것이 함자 되십니까?"

신모라는 별명밖에 알지 못했던 소량이 다급히 되물었다.

"알려주십시오! 월(月) 자, 향(香) 자. 그것이 할머니의 함자 되십니까?"

"함자조차도 몰랐더냐?"

도천존이 의아한 표정을 지었다.

"예, 어떤 연유에서인지 함자조차도 알려주지 않으셨습니다. 가르쳐 주십시오. 할머니는 도대체 어떤 분이셨습니까? 할머니는 어디에 계십니까?"

"일부러 밝히지 않으신 모양이로군. 그분께서 따로 뜻하신 바가 있다면 나 역시 말할 수 없다."

도천존은 진무신모 유월향이 매병에 걸렸다는 사실을 알지 못했다. 아니, 알았더라도 믿지 않았을 터였다. 그와 같은 무학을 가진 사람이 고작 인간으로 남을 리가 없으므로.

조급해진 소량이 도천존에게로 다가가며 '도대체 어떤 분이셨냐'는 질문을 퍼부었다. 얼마나 마음이 급했는지 숫제 대들기라도 할 기세였다.

"합비로 간다 했더냐? 그렇다면 남궁세가로 가보아라. 당도하거든 자연히 알게 될 터."

도천존이 태연한 얼굴로 연호진을 돌아보았다.

"이제 마지막 차례로구나. 네 사형에게 큰절을 올려라."

"예? 예!"

어리둥절해 있던 연호진이 환하게 웃으며 고개를 끄덕였다. 도천존의 제자가 된 후 듣기를, 강호의 사형제는 친형제만큼이나 친하다고 했다. 소량 형아가 사형이 된다니 이보다 더 좋을 수가 없는 셈이다.

"어르신! 부디 설명을……."

"무엇하느냐? 어서 배례하지 않고!"

도천존이 연호진에게 고함을 질렀다. 소량은 도천존이 말해주지 않을 것이라는 것을 깨닫고는 이를 질끈 깨물었다.

"조모님께 이미 무학을 배운 바 있으니……."

소량이 딱딱한 얼굴로 고개를 저었다.

할머니에 대한 것을 알려주지 않는 것은 그렇다 치더라도, 작금의 권유는 절대 받아들일 수 없었다.

"저는 다른 사승을 이을 수가 없습니다."

"그렇다면 나는 너를 죽일 수밖에 없다. 너는 나의 무학을 훔쳐가지 않았더냐?"

문외불출(門外不出)이라!

강호 무인들에게 무학이란 그 어떤 것보다도 중요한 가치를 지닌다. 몇몇 대문파에서는 유출된 문파의 무학을 익혔다는 것만으로도 목숨을 거둘 정도다.

"그저 보았을 뿐, 저는 훔쳐간 적이 없습니다."

"방금 펼친 너의 검로를 보거라."

도천존의 말에 소량이 고개를 숙였다.

그의 기파에서 벗어나기 위해 펼친 검로 때문일까?

땅이 구불구불 파여 있었다. 도천존의 것처럼 넓거나 깊지는 않았지만 그가 펼쳤던 첫 번째 초식과 닮은 흔적이었다.

"태, 태룡과해?"

소량이 믿을 수 없다는 듯 눈을 휘둥그레 뜨자, 도천존이 무심한 어조로 태룡도법의 법문을 읊조렸다.

"본래 구름 속의 용은 머리만 보일 뿐, 꼬리를 보이지 않는다. 오로지 인(仁)으로 드러나고 용(用) 속에 숨을 뿐이라."

소량이 아랫입술을 질끈 깨물었다.

'음양이 갈마드는 것을 도라 하는데[一陰一陽之謂道], 오직 인으로 드러나고 용 속에 숨어 있다[顯諸仁, 藏諸用].'

태허일기공의 법문과 같은 이치였다.

갑자기 태허일기공의 기운이 일렁이는 바람에 소량은 서둘러 기운을 수습해야 했다.

"하, 하오나 상리에 맞지 않습니다. 그와 같은 무학을 어찌 한 번 엿본 것만으로 펼칠 수 있단 말입니까?"

"흥! 방금 흉내를 내놓고도 모른 척하려느냐?"

소량은 더 이상 부정하지 못하고 눈을 질끈 감았다.

눈앞의 흔적은 분명히 태룡과해. 운공의 비결은 익히지 못했다 해도 초식의 형을 익힌 것만은 분명한 사실인 것이다.

무림인들이 들었다면 경악을 금치 못했을 기사였다.

하지만 알고 보면 그것은 도천존의 계획이었을지도 모른다. 그는 세 번째 초식을 펼칠 때에 소량에게 일부러 진체를 보여준 바가 있다.

"제게는 배운 무학이 있거니와, 그를 가르쳐 준 조모님이 계십니다. 허락을 받지 못하는 한 감히 다른 스승을 섬길 수 없습니다."

"귀가 어두운 놈이로다. 배사를 시키지 않은 까닭을 들었을 터인데."

도천존은 선사께 허락을 받은 후에야 배사지례를 치르겠다고 말했었다. 그로서는 큰 것을 양보해 준 셈이었다.

한동안 갈등하던 소량의 입에서 한탄이 터져 나왔다.

"그렇다면 뜻에 따르겠습니다. 하나 이것은 무학을 훔쳐본 책임을 지는 것일 뿐, 목숨을 아끼기 위해서가 아닙니다."

소량이 고집스럽게 말하자 도천존의 입가에 헛웃음이 감돌았다. 강직하다면 강직한 성품인 셈인데, 그게 밉지가 않으니 참으로 이상한 노릇이다.

"셋째는 사형께 배례를 올려라."

"네! 여, 연호진이 사형을 뵙습니다!"

부끄러운지 연호진이 더듬거리며 외치고는 크게 절했다. 일어서는 연호진의 입가에는 미소가 가득 걸려 있었다.

도천존이 슬쩍 손을 휘젓자 연호진의 신형이 둥실 떠오르더니 곧 그의 품에 안착했다. 환히 웃으며 인사하는 연호진의 수혈을 짚은 도천존이 물끄러미 소량을 돌아보았다.

"이 아이에게 듣자 하니 너 역시 고아였다 하더구나."

갑작스러운 질문에 소량이 의아한 표정을 지었다.

"만난 지 고작 다섯 달밖에 안 되는 아이를 목숨을 걸고 구한 연유가 무엇이냐? 네게 그때의 기억이 남은 까닭이냐, 아니면……."

도천존의 새하얀 눈빛이 반짝 빛났다.

"협객이 되려느냐?"

협객.

소량이 감당하기엔 힘든 이름이었다.

무창에 살 적에도 소협객이니 뭐니 하는 낯 뜨거운 소리를 들은 적이 있고, 가깝게는 연호진마저 대협이라고 불렀지만 정작 소량에게는 협행을 하고 있다는 의식이 하나도 없었다.

"동생을 잃기 전 아진(兒珍)은 오가는 이들에게 제발 도와달라 청했다 합니다. 저는 그 심정을 짐작할 수 있습니다. 머지않아 누군가 도와줄 것이라는 순진한 믿음을 가졌겠지요."

"너는 네게 도움을 청하는 이가 있으면 모두 도와줄 참이냐? 하나뿐인 몸으로 천하 만민을 감당하려 하다니, 객사(客死)하기 좋은 팔자로구나."

소량이 할 말을 잃은 표정으로 머뭇거리자, 도천존이 다시금 질문을 던졌다.

"묻노니, 협객이란 무엇인가?"

이번에도 소량은 대답하지 못했다.

"하하하! 네 한과 미련에 비추어 백성들을 돕고자 했던 게냐? 옳다, 그 역시 길이 될 수 있겠지. 하나 너는 네 한과 미련이 닿지 않는 곳의 백성들은 돕지 못하리라."

소량이 정곡을 찔린 표정으로 고개를 숙였다. 실제로 세상에 도움을 요청했을 때 아무도 도와주지 않았기에, 자신만은 돕겠다고 다짐했었던 소량이었다.

그러나 도천존은 사고의 확장을 요구하고 있었다. 그는 소량에게 세상을 바꾸는 법을 묻고 있었던 것이다.

"만민을… 도울 수 있는 길이 있습니까?"

"대의(大義)다."

도천존이 단호하게 말하였다.

소량이 씁쓸한 얼굴로 고개를 숙였다.

'대의라, 참으로 명쾌한 해답이로구나.'

하지만 명쾌한 만큼 모호하기 짝이 없는 말이기도 했다. 소량은 아직 대의가 무엇인지 알지 못했다.

'차라리 태승이라면 무언가 짐작할 수 있었을 텐데.'

상념에 빠진 소량을 보고 도천존이 쓴웃음을 머금었다.

"어리구나, 아직 어려."

도천존 역시 마찬가지 길을 걸었다. 대의보다는 그저 백성들을 사랑했고, 사랑한 끝에 괴로워했다. 할 수 있는 일은 점점 적어졌고 마침내는 의욕마저 사라져 버리고 말았다.

도의 하늘에 이르렀다던 그조차도 일개 무인에 불과했다.

세상을 바꿀 수 없는 일개 무인.

"강호는 망망대해와 같아서 한 번 은원을 맺으면 헤어날 수가 없다. 은원의 바다를 헤쳐가다 보면 얻는 것이 있을 터, 질문에 대한 답은 그때 듣겠다. 상산도원으로 오너라."

상념에 빠져 있던 도천존이 눈을 질끈 감고는 몸을 돌렸다. 언젠가 그의 아내가 만들어주었던 소나무가 그려진 낡은 장포가 바람에 흔들렸다.

"거듭 묻노니, 협이란 무엇인가?"

도천존이 남긴 말이 야산에 울려 퍼졌다.

2

합비에는 소호만월이라는 반점이 하나 있다. 민어가 맛있기로 유명한 반점인데, 천하의 남궁세가에서도 잔치가 있을 때면 소호만월의 숙수를 찾는다는 소문이 있을 정도였다.

그 비결은 역시 돈에 있었다. 큰돈을 들여 황궁의 숙수를 초빙한 소호만월은 번성에 번성을 거듭했고, 이제는 귀빈들이나 찾는 값비싼 반점이 되어 있었다.

"나올 때부터 다향이 범상치 않더니, 내 이런 차는 처음 맛보는구먼!"

금포를 차려입은 중년인이 감탄을 토해냈다.

점소이를 제치고 직접 대접하러 나온 소호만월의 주인장이 자랑스러운 얼굴로 대답했다.

"혁살인향(嚇煞人香:훗날 벽라춘이라 불린다)입니다. 동정에서 나는 귀한 것이지요."

"사람이 놀라 죽을 정도로 좋은 향이라? 하하하! 흉흉한 이름이나 또한 이해가 가네. 그럴 만한 향기야."

"귀인이신 듯한데, 혁살인향은 처음 맛보시나 보지요?"

소호만월의 주인장이 의뭉을 떨며 질문했다.

금포 중년인이 어깨를 으쓱해 보였다.

"살던 곳이 외지라네. 남직예에 온 것도 이번이 처음이야."

"그러셨군요."

내내 겸손하던 주인장이 찝찝한 표정을 지었다. 은자를 물쓰듯 쓰기에 갑부인 줄로만 알았는데, 차에 대해서 잘 모르는 것을 보니 그냥 시골 졸부인 모양이다.

속내를 뻔히 알면서도 금포 중년인은 그를 탓하지 않았다.

잠시 뒤 비단 정장을 차려입은 귀공자 한 명이 객잔에 들어섰다. 금포 중년인은 그에게 수인사를 보내고는 주인장에게 축객령을 내렸다.

"동행이 왔으니 자네는 이만 가보게. 혁살인향이라 했던가? 차 고마웠네."

"조금 더 준비해 오지요."

주인장이 가볍게 목례하고는 천천히 자리에서 물러났.

비단 정장을 차려입은 귀공자가 앞에 앉자 금포 중년인이 헛헛한 표정을 지었다. 화려한 옷차림에 걸맞지 않게 그의 표정은 딱딱하게 굳어 있었던 것이다.

"자네, 많이 긴장한 모양일세."

"금마(金魔)께서 지나치게 여유로우신 것이겠지요."

비단 정장을 차려입은 귀공자가 대수롭지 않은 어조로 중얼거렸다. 하지만 그의 입에서 나온 별호는 결코 가벼운 것이 아니었다.

혈살금마(血撒金魔) 윤소천(尹素泉)!

오행을 기반으로 한 혈마곡의 마인들 중에서도 수위에 꼽는 자가 바로 혈살금마인 것이다.

"이미 청해를 넘을 때부터 목숨을 바치기로 약속하지 않았나? 죽기로 작정한 목숨인데 아쉬울 것은 무엇이고 긴장할 것은 또 무엇이겠나."

"진무신모 유월향이 남궁세가에 있다 합니다."

윤소천의 얼굴에서 웃음기가 사라졌다. 그는 다향을 즐기던 모습 그대로 굳어버린 채 귀공자를 바라보았다.

"잔혈마도(殘血魔刀) 이곽(李郭), 자네 말고 또 누가 그 사실을 아는가?"

이곽이라 불린 귀공자가 놀란 듯 눈을 휘둥그레 떴다.

"금마께서도 이미 알고 계셨습니까?"

진무신모라는 별호는 퍼지지 않았지만, 실종되었던 대부인의 친모가 나타났다는 사실만은 남궁세가의 가솔들을 통해 알음알음 퍼져 있었다.

정보를 관리하는 혈마곡의 흑오당(黑烏堂)이 그 사실을 모를 리가 없었다. 흑오당이 윤소천에게 보고하지 않았을 리도 없고 말이다.

"이미 알고 계셨다면 앞으로는 어찌하실 생각이십니까? 대계를 늦추심이 옳지 않겠습니까?"

"그게 무슨 소린가?"

윤소천의 얼굴이 딱딱하게 굳었다.

협(俠)이란 무엇인가? 25

"대계를 늦추자?"

윤소천이 식탁에 팔을 괴고 몸을 앞으로 길게 뻗으며 이곽을 노려보았다. 그저 시선이 마주쳤을 뿐인데도 이곽은 심장이 멈추는 듯한 느낌을 받았다.

'사, 살기가 어찌 한 점에……!'

반점 내의 다른 사람들은 아무것도 모른 채 식사를 계속하고 있었지만, 이곽의 주위에는 싸늘하고 날카로운 살기가 감돌고 있었다. 이곽은 숨조차 제대로 쉬지 못하고 헐떡였다.

"실언을 했습… 했습니다."

윤소천은 그래도 살기를 거두지 않았다. 인자한 아버지처럼 푸근하게 웃으며 무어라 중얼거릴 뿐이었다.

"자네가 혈마곡에 몸담은 것이 십여 년 전이던가?"

"그, 그렇습니다."

"그럼 오십 년 전의 참상은 잘 모르겠군."

윤소천이 안타깝다는 듯 고개를 저었다.

"주원장은 아주 영리한 자였다네. 원이 완전히 사라지지 않았는데도 꼬리를 자르기 시작했지. 그는 황군을 움직여 원과 대적하는 동시에, 무림맹을 창설하여 신교를 탄압했네."

겉으로는 마흔 정도의 중년인으로 보이지만, 윤소천은 육

십을 바라보는 노인이었다.

오십여 년 전의 혈사 때, 그는 아홉 살이었다.

"신교의 무학은 유불선의 시선으로 보자면 마공에 가까웠네. 아니, 실제로 마공이라 말해도 과언이 아니야. 파괴 후 재생한다는 교리처럼 인성을 파괴하고 다시 만드는 무학도 있었으니 말일세. 그러나 그들도 사람이었어. 잔혹하게 보였을지라도 그들은 사람이었단 말일세."

출수했다 하면 사지를 찢어 죽이는 일월신교의 무학은 무림맹이 보기엔 지나치게 패도적이고 잔인했다. 패배하여도 체면 따위 잊고 동귀어진 하고자 하는 자들도 부지기수였다.

결국 무림맹의 무인들 역시 독심을 품었다. 신교의 무인은 저항할 수 없는 자일지라도 무조건 죽이라는 명이 떨어졌다.

윤소천의 부모는 고수는 아니었다. 굳이 무학의 고하로 나눈다면 삼류 언저리쯤이나 될까.

그들은 멋모르고 어린 윤소천을 살리겠다고 투항했고, 제발 살려달라고 빌다가 끔찍한 고문을 받고 죽었다.

다름 아닌 윤소천의 눈앞에서 말이다.

"정도를 표방한다고? 한 줌 정보를 얻기 위해, 투항한 자의 사지를 말에 매달고 조금씩 당기면서 말인가?"

윤소천의 살기가 한층 더 짙어졌다.

"정도를 걷는다던 그들의 손속은 일월신교보다도 잔인했네. 그 명을 내린 무림맹주가 바로 남궁세가의 가주였고 말일세! 그런 남궁세가의 앞에 와서 무어라? 대계를 늦추자?"

혈마가 오십 년 만에 깨어났으니 이제 복수가 시작될 터였다. 그 시작은 초대 무림맹주를 배출한 남궁세가가 될 것이다.

아니, 반드시 그래야만 했다.

"하오나 진무신모가 있는 이상 대다수의 마인들이 목숨을 잃게 될……."

"그런 버러지들은 죽어도 상관없어."

혈마는 '천하가 자신을 마인이라 부른다면 정말로 마인이 되겠다'고 천명했고, 말뿐만이 아닌 행동으로 그것을 보였다.

그는 갓난아기의 피를 취해 무공을 연성하는 마인도, 남성의 정혈을 갈취하는 요녀도 받아들였던 것이다.

그들의 먹이로는 한때 신교도였다가 배신한 자들을 던져주었다. 무학을 익힌 자들은 물론 일반 양민까지 가차없었다. 혈마곡의 마인들은 살려달라 울부짖는 자들을 웃으며 취했다.

그러나 혈마는 마인들의 목숨도 귀하게 보지 않았다.

세상을 어지럽히는 그들과 일월신교를 핍박했던 무림맹이 동귀어진 하는 것이야말로 혈마의 꿈이라 할 수 있었다.

"알아들었나? 백성들의 피나 빨아먹는 마인들 따위, 모조리 죽어도 상관없어. 자네 역시 마찬가지지."

윤소천이 의자에 등을 기대자 살기가 씻은 듯이 사라졌다.

"쯧! 하지만 일이 벌어지기도 전에 마인들이 도주한다면 큰 문제가 되겠지. 가서 전하게, 진무신모에 대한 대책은 모두 마련되어 있다고. 진무신모는 여기서 죽음을 맞게 될 게야."

"쿨럭, 쿨럭!"

윤소천이 느긋한 얼굴로 양손을 모아 깍지를 끼었다.

"물론 겁이 난다면 혈마곡을 배신하고 도주해도 좋네."

"마, 말씀대로 전하겠습니다."

이곽이 새파랗게 질린 표정으로 대답했다.

윤소천은 조용히 이곽의 눈을 들여다보았다. 불안한 듯 흔들리고는 있지만, 자신의 안위만 걱정할 뿐 동료들의 생사에는 관심이 없는 눈이다.

"하하! 마인다운 눈일세. 마음에 들어, 아주 마음에 들어!"

윤소천이 껄껄 웃으며 무릎을 쳤다.

애써 태연한 척하던 이곽이 눈을 질끈 감았다. 한 가지 살아날 방법이 떠올랐는데, 허락을 받을 수 있을지 알 수가 없다. 벌써 한 번 진노를 샀으니 말을 꺼내기조차 두려웠다.

하지만 진무신모를 피할 수 있는 방법은 오직 그것뿐이다.

"제게 속내를 보이셨으니, 저도 그리하리다. 노여워하지 않으신다면 한 가지 청하고 싶은 것이 있사온데… 진무신모의 후인이 남궁세가로 오고 있다는 것을 알고 계시겠지요?"

소량이 도천존의 삼 초식을 받아내고 혼절한고로, 그를 태워주기로 했던 마부는 홀로 합비로 돌아와야 했다.

잔뜩 흥분한 마부는 천애검협과 대화를 나눈 사실을 동네방네 자랑했고, 그 정보는 고스란히 혈마곡으로 전해졌다.

"들은 바 있네. 강호에서는 벌써 천애검협이라고 부른다지."

"예. 도천존이 그에게 이르기를, 하늘 끝에 도전할 자격이 있다고 했다 합니다."

윤소천의 얼굴이 종잇장처럼 구겨졌다.

'설마 하니 도천존까지 그를 인정할 줄은 몰랐다.'

벌써 소문이 이렇게 번졌으니, 하늘 끝에 이르고자 하는 자들이 진소량이라는 자를 찾아 움직이게 될 것이다. 그것이 혈마곡에 호재가 될지, 악재가 될지는 아무도 모른다.

"그가 남궁세가가 멸문당하기 전에 온다면 함께 처리해 버릴 수 있겠지만, 멸문 이후에 온다면 일이 귀찮아지겠지. 쯧! 추적대를 따로 편성해야 되겠구먼."

"제가 그를 처리하면 어떻겠습니까?"

"자네가?"

윤소천이 의아한 얼굴로 이곽을 바라보았다.

이곽의 말은 진무신모가 있는 남궁세가 대신 그보다 훨씬 쉬운 상대인 천애검협을 상대하겠다는 뜻이었다. 살아남기 위해서는 확실히 그쪽이 낫겠지만 너무 뻔뻔하지 않은가!

"이건 아예 살려달라고 청하는 게 아닌가?"

이곽이 아무런 말 없이 목례를 취해 보였다.

그의 말이 옳다는 뜻이었다.

"하하하! 재미있는 친구일세!"

윤소천이 가소롭다는 듯 웃음을 터뜨렸다.

이곽은 진소량이 도천존의 인정을 받았다는 것이 어떤 의미인지 모르고 있었다. 강호의 소문은 믿을 것이 못 된다고 생각하며 자신의 무위를 과대평가하고 있을 뿐이다.

"좋아! 살려주지. 하나 자네 혼자로는 부족할 게야. 마인을 몇 명 더 데려가게."

"염려는 감사하오나 잔혈마도의 이름이 그렇게 가벼운 것은 아닙니다. 그런 애송이쯤이야 능히……."

"자네 정도의 마인을 세 명쯤 더 데려가면 괜찮겠군."

진소량을 무시했던 이곽이 당혹스러운 표정을 지었다. 윤소천의 말도 그렇지만, 그 표정이 너무도 진지한 것이다.

"그 정도입니까?"

"함께 갈 마인들은 자네가 선택하게. 세 명의 마인에 더해 암습까지 한다면 승산이 없지는 않을 게야."

이곽의 입꼬리가 위쪽으로 올라갔다.

신중하기로 따지면 사망객 곽서문 못지않은 사람이 바로 윤소천이다. 그가 계산한 것이라면 믿을 만하다.

"한 달 안에 그의 목을 베어 청해로 가져가리다."

윤소천이 크게 웃음을 터뜨렸다.

"청해에? 남궁세가를 시작으로 전 중원이 피로 물들 것인데 청해에 가서 무엇하게? 하하하!"

"하오나 혈마께서 청해에 계시니……."

"혈마께서 청해에 계신다고 누가 그러던가?"

윤소천이 자리에서 일어나 이곽의 어깨를 두드렸다.

"혈마께서는 이미 중원에 계신다네."

진무신모를 제압할 수 있는 방도는 오로지 혈마뿐이다.

진무신모에 대한 보고에도 불구하고 계획대로 실시하라는

명령을 내린 것을 보면, 혈마께서 직접 남궁세가로 찾아오실 것이 분명했다. 윤소천이 안심하는 이유가 바로 그것이었다.

'이제 남은 것은 후인들뿐인 셈인데……'

휘적휘적 소호만월을 벗어나던 윤소천이 입구에서 걸음을 멈추고는 이곽을 돌아보았다.

"나는 확실한 것을 좋아하지. 둘을 더 데려가게. 방심하지만 않는다면 승산이 십 할에 가까울 게야. 하하하!"

"존명!"

이곽이 얼른 자리에서 일어나 포권지례를 취했다.

윤소천의 웃음소리가 오래도록 소호만월을 떠돌았다.

第二章
움직이지 마라

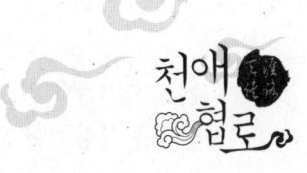

1

 소량이 운해무관을 떠난 후로 이십여 일의 시간이 흘렀다.
 합비로 향하는 관도가 잘 닦여 있었음에도 불구하고 소량의 걸음은 느리기만 했다. 도천존의 삼 초식을 받아낼 때 생긴 상처가 아직도 다 낫지 않았던 것이다.
 어쩌면 그것은 하루에도 수십 번씩 상념이 떠올랐기 때문일지도 몰랐다. 도천존의 질문이 머릿속에서 떠나질 않았다.
 '협이라… 내가 감당하기에는 너무 큰 질문이다.'

소량은 협이 무엇이냐는 질문에 묵가(墨家)를 떠올렸다.

백성들을 사랑했던 묵가는 약자를 돕기 위해 능동적인 방어를 취했고, 자신의 목숨을 바치는 한이 있더라도 끝까지 물러서지 않았다.

소량은 협객이 있다면 그런 사람일 거라고 생각했다.

'나는 백성들을 사랑할 수 있을까?'

소량은 자신이 그런 큰 그릇이 되지 못한다고 생각했다.

할머니를 찾은 후 혈마곡을 피해 심산유곡에 은거하는 것, 그것이 꿈의 전부인 작은 그릇에 불과했다.

'하물며 대의를 논함에야 더 말할 것이 있으랴.'

도천존은 유가(儒家)로서의 대의를 논했다.

소량의 사상으로는 한두 사람은 구할 수 있을지 몰라도 세상을 바꿀 수는 없다. 하지만 대의를 좇아 체계를 정비하고 예의와 법률을 새로이 한다면 세상을 바꿀 수 있으리라.

'도천존께서 나를 너무 크게 보신 게지.'

소량은 고개를 홰홰 저어 상념을 떨쳐 내었다.

하지만 상념은 사라지는 대신 다른 방향으로 이어졌다. 도천존은 태룡도법이라는 감당하기 힘든 과제도 남겼던 것이다.

'이제는 그분께서 기세를 뿜어낸 까닭을 알 것도 같다.'

첫 번째로는 일선공인가 하는 무학의 흔적을 알아보기 위

함일 테고, 두 번째로는 태룡과해를 펼치게 유도한 것이리라.

소량은 무심결에 태룡과해의 초식을 펼쳐 보았다.

우우웅―

손바닥이 뒤집혀지더니 느릿하게 수도가 뻗어나간다. 물길을 거슬러 올라가는 연어처럼 구불구불하게 말이다.

'기파를 계속 뻗어나가며 출도(出刀)하는 거였구나.'

수도로 곡선을 그릴 때마다 내기가 퍼진다. 내기가 파도가 되어 옭아매면, 상대는 피하지 못한 채 도를 마주해야 한다.

가히 상승의 초식이라 할 수 있었다.

'내게는 너무 어렵다. 무학을 훔쳐 갔다느니 뭐니 말씀하셨지만, 알고 보면 개발에 편자를 단 꼴에 불과해.'

두 번째 초식을 흉내내어 보니 더더욱 암담해진다.

'태룡치우. 상대가 도를 막아내는 순간 도초가 흩어져 비처럼 내린다. 빗방울이 모두 실재하는 것처럼, 모든 도초가 허초가 아닌 실초이리라.'

소량의 수도가 어지러이 흩어졌다. 나름 쾌도를 흉내내어 보는데, 속도에 치중하다 보니 내기가 수반되지 않은 허초가 생긴다. 모든 도초를 실초로 만드는 것은 불가능에 가까웠다.

그때, 태허일기공의 기운이 말썽을 일으켰다.

'이런, 또다시!'

태룡도법의 구결을 떠올리자 태허일기공의 기운이 과하게 일어났다. 그렇게 일어난 기운은 소량의 몸에 머물기가 싫은 듯 사방으로 흩어지려 했다.

겨우 기운을 수습한 소량이 당혹스러운 표정을 지었다.

'도대체 왜 이러는 거지?'

생각에 생각을 거듭해 봐도 알 수 있는 것은 없었다.

도천존의 삼 초식을 받아내며 무언가 변화가 생겼거나, 초식에 너무 몰두했기 때문일 것이라고 짐작할 뿐이었다.

그렇게 한참을 걷다 보니 어느새 소호촌(巢湖村) 앞이었다. 호수를 옆에 낀 마을이라 그런지 시인묵객들을 상대하는 객잔도 많았고 어부들도 많았다.

소량은 미소를 지으며 소호촌을 구경했다.

"엄마, 당과 사줘!"

계집아이 하나가 어미 손을 잡아당기며 칭얼거렸다.

"안 돼. 돈 없어."

어미는 매몰차게 중얼거리고는 바둑판 쪽으로 걸음을 옮겼다. 바둑판 앞의 노인 중 한 명은 느긋하게 웃고 있었지만, 다른 한 명은 마음대로 풀리지 않는지 수염을 비비 꼬고 있었다.

건너편 어물전에서는 실랑이가 벌어져 있었다.

"무슨 놈의 잉어가 이리 비싸담?"

"잉어! 막물 잉어가 두 마리에 구리돈 백오십 문이요!"

아낙이 투덜거리자 어물전 상인이 일부러 다른 곳을 보며 호객을 했다. 아낙은 그래도 물러서지 않고 대들었다.

"도대체 어디를 보는 거예요? 잉어가 뭐 이리 비싸냐고 물었잖아요. 좀 더 깎아줘요."

"허어, 누구는 땅 파서 장사하는 줄 아나."

"설마 하니 어부가 땅을 끼적거릴까? 해봐야 물이나 퍼내겠지. 늦가을 잉어라 귀한 것은 알겠지만, 좀 깎아줘요."

소량의 또래나 되었을까 싶은 아낙이 맹랑하게 굴자 어물전 상인이 기가 막힌 표정을 지었다. 상인이 어물거리는 동안 아낙은 구리돈 열 문가량을 후려치는 데 성공했다.

각각의 삶이 묻어나는 저잣거리를 둘러보던 소량이 씁쓸히 고개를 숙였다. 무림이 아닌 저들 속에 있던 과거가 꿈결처럼 느껴진 탓이었다.

'잉어를 튀기는 데는 영화만한 사람이 없는데.'

소량이 그리운 눈으로 잉어를 챙기는 아낙을 바라보았다.

물론 영화도 처음부터 요리를 잘한 것은 아니었다.

어릴 적에 무슨 한이 있었는지 할머니는 어지간하면 직접 요리를 하려 했고, 영화를 가르치는 시늉을 하면서도 정작 철과는 쥐지 못하게 했다.

영화가 처음 조방에 선 것은 할머니의 생신 때였다.

'그러고 보니 생신이 머지않았구나, 우리 할머니.'

소량의 입가에 실소가 떠올랐다.

어깨 너머로 할머니의 요리를 배운 영화는 자신만만했다.

'탕초리어(糖醋鯉魚)라는 튀긴 잉어의 맛이 기가 막히더라' 는 이야기를 어디서 주워들은 영화는 그동안 열심히 모은 용돈을 털어 잉어도 샀다.

할머니는 훌훌 웃으면서도 걱정이 되었는지, 모옥에 붙어 있지 못하고 조방을 서성거렸다. 영화는 자기가 할 거라며 조방으로 오는 할머니를 낑낑대며 밀어냈었다.

하지만 어깨 너머로 배운 실력으로 밥이나 제대로 할까.

아무리 기다려도 소식이 없어 할머니와 함께 조방에 가보니, 가관도 그런 가관이 없었다.

아궁이는 기름으로 범벅이 되어 있었고, 잉어는 과하게 튀겨져 나무토막처럼 딱딱했다. 양념이랍시고 만든 장은 소금보다도 짰고, 밥은 물을 너무 많이 넣어 죽이 되어 있었다.

속이 상한 영화는 쪼그려 앉아 훌쩍훌쩍 울음을 터뜨렸다.

"맛있다, 야! 시상에 이렇게 맛있는 음식이 또 있으려구!"

할머니가 위로했지만 영화는 더욱 시무룩해질 뿐이었다.
할머니는 그런 영화를 품에 안고 '참말이여. 이렇게 맛있는 건 처음 먹어봐' 라고 말했었다.
'그때 나는 노리개를 선물했었는데.'
할머니는 아직도 그것을 가지고 계실까?
'틀림없이 가지고 계실 거야.'
소량이 눈물이 왈칵 나려는 것을 애써 참아내었다.
그때, 소량의 오른쪽에서 누군가 말을 걸었다.
"흐음, 낡은 철검에 허름한 마의라."
"저 말입니까?"
소량이 의아한 얼굴로 고개를 돌렸다. 사람들이 바삐 지나가는 가운데 섭선을 든 귀공자가 미소를 짓고 있었다.
귀공자가 은근한 목소리로 질문을 던졌다.
"이보게, 내 아는 사람 같아서 묻는 것인데……."
소량의 등골에 소름이 오싹 돋아 올랐다. 귀공자에게서 싸늘한 살기가 일어나 소량의 전신을 덮어버린 것이다.
"자네는 천애검협이라는 별명을 얻은 진소량이 아닌가?"
"누구십니까?"

선자불래(善者不來) 내자불선(來者不善)이라!

소량은 본능적으로 검병에 손을 가져갔다. 살기를 품고 정체를 물어보는 상대가 있으니 경계를 하지 않을 수 없었다.

"누구냐고 물었습니다."

귀공자가 섭선을 딱 부딪치며 한탄을 토해냈다.

"이런, 내 소개를 하지 않았군. 나는 이가 사람으로 이름은 곽이라 하는데, 강호 동도들은 잔혈마도라고 부른다네."

귀공자, 아니, 이곽이 어깨를 으쓱해 보였다.

"이제 자네의 이름을 알려주게."

"저는 진소량이라는 사람을 알지 못합니다. 사람을 잘못 보신 듯싶습니다만."

소량은 애써 침착한 표정을 지었다.

이름을 속이는 것이 못내 찝찝했지만, 불필요한 다툼을 피할 수만 있다면 상관없는 일이다.

이곽은 제지하는 대신 한숨을 푹 내쉬었다.

"아닌가? 그렇다면 어쩔 수 없지."

이곽의 말이 끝나기 무섭게 섭선이 바람을 가르는 소리가 들려왔다. 이곽은 다짜고짜 지나가는 상인에게 출수한 것이다.

철검을 뽑을 새도 없어서 소량은 손으로 섭선을 잡아채야 했다. 섭선에 실린 경력이 손을 통해 전신으로 파고들었다.

하지만 고통보다는 분노가 더 컸다.

"이게… 무슨 짓이냐?"

소량의 차가운 눈과 마주한 이곽이 껄껄 웃음을 터뜨리며 그의 손을 떨쳐 내었다.

"하하하! 역시 천애검협이 맞군! 검기상인의 경지에 올랐다더니, 예상보다 젊은데."

소량은 아랫입술을 짓씹으며 그의 전신을 살펴보았다. 비단 장포와 단정하게 묶은 건, 당혜와 옷깃에 매달린 작은 옥패.

그중 옥패에 새겨진 문양이 눈에 익었다. 다섯 개의 빗금과 두 번 휘어진 곡선으로 이루어진 문양이었다.

'이제야 누군지 알겠구나.'

소량이 눈을 질끈 감았다.

강호는 망망대해와 같아서 한 번 은원을 맺으면 헤어날 수가 없다고 했던가! 말 그대로 강호의 은원은 스스로의 뜻으로 맺고 끊을 수 있는 것이 아니다.

사소한 행동 하나가 씻을 수 없는 은원을 낳기도 하며, 심지어 아무 일도 하지 않았는데도 원한이 생기는 경우도 있다.

소량의 경우가 그랬다. 할머니의 후인이라는 것만으로도 소량과 동생들을 노리는 곳이 있었다.

"…혈마곡."

소량은 혼란을 다스리려 애쓰며 철검을 움켜쥐었다. 천지간의 소리에 호흡을 맞추자 마음이 명경지수처럼 맑아졌다.

"할머니, 아니, 진무신모와는 무슨 관계냐?"

이곽은 대답 대신 섭선을 살랑거릴 뿐이었다. 출검하여 이곽을 겨눈 소량이 다시금 질문했다.

"말해라. 진무신모와는 무슨 관계냐?"

"묻고 답하는 것이 무슨 필요 있겠나?"

이곽이 섭선을 가볍게 떨쳐 내었다. 무슨 장치가 되어 있는지 섭선의 조각들이 파편화되어 사방으로 흩어졌다.

"그만두어라!"

터터텅!

소량이 철검으로 크게 원을 그려 오행검의 토검세(土劍勢)를 펼쳤다. 섭선의 파편이 자신에게만 쏟아지는 것이 아니라 오가는 백성들에게도 쏟아진 탓이었다.

파편이 소량이 그린 원 안으로 빨려 들어갔다.

"꺄아악!"

"카, 칼을 든 사람이!"

저잣거리를 지나던 사람들이 비명을 지르며 달음박질쳤다. 조금 전 난데없는 공격을 받고 비명조차도 지르지 못한 채 주저앉았던 중년 상인도 마찬가지였다.

 소량과 이곽을 중심으로 텅 빈 공간이 생겨났다.

 "으으음."

 이곽이 길게 신음을 토해내었다.

 '설마 하니 아무런 손해도 입지 않았단 말인가?'

 그의 섭선은 폭선(爆扇)이라는 것으로, 당대제일의 장인이라는 곽 공(廓公)이 만든 암기였다. 그 속도가 절정고수의 것과 같아 한 번 폭발하면 자신조차도 전부를 막아내지 못하는데, 천애검협은 거의 모든 파편을 막아내는 데 성공한 것이다.

 아니, 파편을 막아내는 것이 전부가 아니었다. 천애검협은 철검을 곧게 뻗어 자신의 목을 찔러오고 있었다.

 "노, 놈!"

 이곽이 정신없이 물러나며 도를 뽑아 들었다. 검붉은 도기가 피어올라 소량의 철검을 막아갔다. 소량은 이곽의 검을 세 차례나 두드리더니, 방향을 바꿔 그의 가슴을 베어갔다.

 서걱!

 보법을 펼쳐 뒤로 정신없이 물러났지만, 이곽은 가슴의 옷자락이 잘리는 것만은 막지 못했다.

 "잔혈마도의 도법은 무림의 일절인데, 과연 대단하구나!"

도대체 언제 나타난 것일까!

소량의 뒤에서 청의장포를 차려입은 뚱뚱한 중년인이 달려들었다. 그의 양손은 황금빛으로 일렁이고 있었는데, 자세히 보니 각각 금륜이 잡혀 있다.

그가 바로 금륜사왕(金輪邪王) 구영소(具永炤)였다.

"흡!"

소량은 고개를 숙여 금륜을 피한 후 팔꿈치로 금륜사왕의 명치를 후려쳤다. 육합권 중 첩신고타(貼身靠打)의 초식이었다.

"으으음—"

명치를 얻어맞은 금륜사왕이 정신없이 뒤로 물러났.

잔혈마도와의 격전 중에 끼어들어 한 수 득을 볼 줄 알았는데 손해만 입고 물러나고 만 것이다.

"정공(正功)으로 이만한 무위에 이르려면 적지 않은 수련을 쌓았을 터, 혈살금마의 말씀이 옳소이다! 모두 한 치의 방심도 있어서는 아니 될 것이오!"

이곽이 딱딱한 얼굴로 고함을 질렀다. 일부러 가벼운 척하여 적의 방심을 유도하던 평소의 버릇도 사라진 채였다.

이내 두 개의 신형이 장내에 뛰어들었다. 허리가 흉물스럽게 휜 꼽추 노인과 키가 훤칠하게 큰 황의문사였다.

"클클클. 강호의 소문은 믿을 것이 못 된다 했는데, 이 경우에는 그 반대로구나."

꼽추 노인의 이름은 유근우(留近優)라 하는데, 한때 하남의 의원이었다가 독경(毒經)에 심취해 마도에 들고 만 자였다. 당금 강호에는 시독괴의(屍毒怪醫)라는 별호로 더 유명했다.

황의문사, 이영(李英)이 고개를 끄덕였다.

"시독괴의의 말씀이 옳소이다. 참으로 대단하구려."

이영은 사자림(獅子林) 출신으로, 색을 너무 밝혀 파문당한 자였다. 그는 사자림의 추적을 받게 되었음에도 잡히기는커녕 유유히 도망치며 수십 명이나 되는 여인을 더 간살했다.

그렇게 얻은 별호가 탐화마객(探花魔客)이었다.

"클클클. 그래, 누가 먼저 나서겠소?"

시독괴의가 질문했지만, 대답하는 이는 없었다. 눈 깜짝할 새에 금륜사왕과 잔혈마도의 합공을 파훼하고 반격까지 하는 것을 보았는데 누가 있어 쉬이 나설 수 있겠는가!

모두들 침음성만 흘릴 따름이었다.

사실 소량의 무학이 이렇게까지 성장한 것은 도천존 덕분이라 말해도 과언이 아니었다. 살아남을 수만 있다면 도천존과 같은 절대고수와의 일전은 기연이나 다름없는 것이다.

만약 또 다른 이유가 있다면, 태허일기공의 기운이 과하게 일어났기 때문일 터였다.

그것은 심각한 부작용을 함께 가져왔다.

'도대체 왜지? 검에 실린 기운이 돌아오지 않는다.'

철검에 불어넣었던 태허일기공의 공력이 사방으로 흩어져 버렸다. 전체에 비하자면 작은 내공이라 할 것이나 소량은 짙은 무력감이 찾아오는 것을 느꼈다.

기운은 첩신고타의 초식을 통해서도 빠져나갔다. 짐작컨대 앞으로도 같은 일이 계속해서 벌어지리라.

'만약 태허일기공의 기운을 다 소모하면 어떻게 되는 거지?'

어쩌면 그때부터는 진원지기를 소모하게 될지도 모른다.

'최대한 기운을 아껴야 해.'

소량이 긴장감 가득한 얼굴로 침을 꿀꺽 삼킬 때였다. 갑자기 소량의 등 뒤에서 낯선 인기척이 느껴졌다.

스으윽—

누군가 공격해 오는 것을 느낀 소량이 황급히 구궁보(九宮步)를 밟아 몸을 우측으로 틀었다. 하지만 이미 늦었는지 허벅지에서 피가 튀고 말았다.

"칫."

소량을 공격한 다섯 번째 마인, 무영살수(無影殺手) 신도웅(辛屠熊)이 혀를 차며 뒤로 피했다. 소량은 무영살수를 쫓아가는 대신 보법을 펼쳐 이곽에게로 뛰어들었다.

갑작스러운 공격에 이곽이 버럭 고함을 질렀다.

"어, 어서 공격하지 않고 무엇들 하시오!"

"크하하! 죽을 자리로 찾아드는구나!"

이곽이 빠르게 물러나는 것과 동시에, 삼면에서 세 명의 마인이 달려들었다. 소량은 쾌검(快劍)을 펼쳐 세 명 중 금륜사왕과 탐화마객을 먼저 상대해 갔다.

소량의 주위로 검광(劍光)과 도광(刀光)이 번쩍였다.

"이 개같은 놈……!"

곧이어 탐화마객이 욕설을 내지르며 뒤로 물러났다. 소량의 검이 허리를 파고들었다 빠져나가고 만 것이다. 목숨을 잃을 정도는 아니었지만 제법 깊은 상처였다.

소량이 탐화마객을 공격하는 사이 금륜사왕과 이곽이 합공을 펼쳤다. 소량이 금륜사왕의 금륜을 막아내는 것과 동시에 이곽의 도가 뱀처럼 흔들리며 그의 심장을 노렸다.

"흡!"

바닥으로 검을 꽂듯 화검세(火劍勢)를 펼치자 이곽의 도기가 마치 뱀이 머리를 치켜드는 것처럼 위로 솟구쳤다. 그것이 바로 이곽의 진신절기인 사사도법(邪蛇刀法)이었다.

"크윽!"

피한다고 피했지만 소량의 허리춤에 반 치 가까이 자상이 생겼다. 때를 맞춰 시독괴의가 우모침을 던진 까닭에 소량은 상처를 돌볼 새도 없이 철관교의 수법을 펼쳐야 했다.

'일단 합공을 피해야 해!'

소량이 몸을 뒤로 젖힌 채로 한 바퀴 회전했다.

번신추월(翻身追越)을 펼쳐 뒤로 물러나는 사이 금륜사왕이 소량의 종아리를 베어버렸다.

핏!

허벅지에서 피가 튀어 올랐지만, 소량은 괘념치 않았다. 고작 피류의 상처일 뿐이니 잠시간은 견뎌낼 수 있으리라.

'살을 주고 뼈를 취한다… 바로 지금!'

무영살수가 등 뒤로 다가오는 것을 모른 체하던 소량이 눈빛을 빛내며 내력을 끌어올렸다.

우우웅—

소량의 검기가 쏟아지자 무영살수의 얼굴이 흙빛이 되었다. 달려오던 속도 때문에 방향을 바꿀 수가 없는 것이다.

"…커헉!"

무영살수의 상반신에 기나긴 실선이 그어졌다. 억지로 뒤로 물러나 보았지만, 이미 가슴이 쩍 벌어진 상태였다. 무영살수는 바닥에 쓰러져 꺽꺽거릴 뿐 더 이상 움직이지 못했다.

무영살수의 목숨은 그렇게 사라져 갔다.

"놈!"

소량이 무영살수의 목숨을 거두는 순간, 이곽의 도가 소량의 허벅지를 한 치 가까이 베어내었다. 설상가상으로 금륜사왕까지 다가와 각법(脚法)으로 소량의 명치를 후려친다.

쿠웅—!

소량은 삼 장을 날아가 도망치는 백성들 틈으로 추락했다.

"놈이 빠져나가게 두어서는 아니 되오!"

금륜사왕이 버럭 고함을 지르며 소량에게로 뛰어들었다.

겨우 일어나 쿨럭거리던 소량이 정신없이 금륜을 피해냈다. 소량이 피한 탓에 도망치지도 못하고 주저앉아 있던 보부상 한 명에게로 금륜이 쏟아졌다.

"헉! 사, 살려……!"

"물러나시오!"

대경한 소량이 다급히 철검을 집어 던졌다.

챙강—

철검이 금륜을 튕겨내고는 보부상의 뒤쪽 벽에 꽂혔다. 겁에 질린 보부상이 제자리에서 바들바들 몸을 떨자 소량이 버럭 고함을 질렀다.

"물러나라 하지 않았습니까!"

움직이지 마라 53

그제야 정신을 차린 보부상이 얼른 자리에서 일어나 도망쳤다. 그 모습을 바라보는 이곽의 입가에 미소가 어렸다.

"하하하! 일이 재미있게 되었구려. 금륜사왕께서는 어찌 생각하시오?"

금륜사왕이 자그마한 목소리로 말했다.

"어디 한번 확인해 보겠소이다."

금륜사왕이 소량 대신 도망치는 어느 여인에게 뛰어들었다. 금륜이 코앞에 다가오자 여인이 비명을 지르며 주저앉았다.

"꺄아악!"

"그만두어라!"

벽면에서 철검을 뽑아낸 소량이 노호성을 터뜨리며 금륜을 튕겨냈다. 금륜사왕이 재빨리 물러나며 광소를 터뜨렸다.

"크하하! 천애검협은 인세에 드문 협객이라더니, 과연 그렇구나! 어디 오랜만에 인간 사냥이나 해볼까?"

"인간 사냥?"

피를 너무 많이 흘린 탓에, 대답하는 소량의 목소리는 작고도 작았다. 금륜사왕이 금륜을 빙그르르 회전시키며 다른 마인들에게로 시선을 돌렸다.

"시독괴의와 탐화마객은 어찌 생각하시오?"

"인간 사냥도 해본 지 오래되었는데 잘되었네."

소량이 당황하는 꼴이 재미있었는지 시독괴의가 클클 웃음을 터뜨렸다. 탐화마객 역시 마찬가지 심정이었다. 그는 허리춤의 혈도를 눌러 지혈하며 소량에게 말했다.

"표정이 왜 그런가, 천애검협? 재미있을 것 같지 않나?"

이심전심이라!

혈마곡의 마인들은 소량이 백성들을 구하려는 것을 보자마자 한 가지 계책을 떠올렸다. 백성들을 죽임으로써 소량의 심력을 흩어버리자고 생각한 것이다.

"……."

적지 않은 내, 외상을 입은 소량이 힘겹게 뒤를 돌아보았다.

살기에 짓눌린 백성들이 새파란 얼굴로 서 있었다. 몇 명은 도주하고 있었지만 몇 명은 그 자리에서 움직이지도 못했다.

착각이었을까? 소량은 백성들 가운데서 영화의 얼굴을 보았다고 생각했다. 승조와 태승, 유선의 모습이 그 안에 있었고, 장운과 연호진의 모습도 그 안에 있었다.

문득 도천존의 목소리가 천둥처럼 머릿속을 울렸다.

'묻노니, 협이란 무엇인가?

아직도 협이 무엇인지 모른다. 유가의 대의도, 묵가의 박애(博愛)도 아직은 알지 못한다. 하지만 무학을 배운 이유만은 안다. 그것은 묵가와도 일맥상통하는 데가 있는 것이었다.

 묵수(墨守)!

 '한 사람도 죽게 하지 않아.'

 소량이 차가운 얼굴로 마인들에게 시선을 돌렸다.

 "…인간 사냥을 이전에도 해본 적이 있더냐?"

 "하하하! 말이 많은 놈이로구나!"

 금륜사왕이 크게 웃음을 터뜨렸다. 그 웃음소리가 소량의 마음속에서 무언가를 깨어버렸다. 소량은 소극적으로 운용하던 태허일기공의 기운을 마음대로 날뛰도록 풀어버렸다.

 "움직이지 마라―!"

 사자후인가, 아니면 창룡음인가!

 사방에 거대한 고함 소리가 울려 퍼졌다. 앞으로 나서려던 금륜사왕이 주춤할 정도로 거대한 고함이었다.

 소량이 얼음장 같은 눈으로 그들을 노려보며 말했다.

 "움직이는 순간, 너희가 했던 짓을 똑같이 돌려주마."

 마인들이 서로를 바라보며 기가 막힌다는 듯 실소를 지었다.

곧이어 마인들이 경공을 펼쳐 뛰어들었다.

2

네 명의 마인은 서로 다른 방향으로 뛰어들었다. 소량은 그 중 한 명을 쫓는 대신 몸을 돌려 뒤쪽으로 달려갔다.

거의 무릎을 꿇다시피 주르륵 미끄러진 소량이 돌멩이 몇 개를 주워 들고는 날카로운 눈으로 주위를 쏘아보았다.

가장 먼저 뛰어든 마인은 탐화마객이었다.

쐐애액—!

"흥!"

소량이 탄지공의 수법으로 돌멩이를 집어 던지자 탐화마객이 냉소를 머금었다. 그 역시 검기상인의 경지에 오른 무인, 그깟 돌멩이 하나를 막지 못할 리 없는 것이다.

하지만 경공만큼은 멈출 수밖에 없었다. 소량은 그가 잠시 멈추는 것을 확인하자마자 시독괴의에게로 뛰어들었다.

"클클, 내 차례인가?"

시독괴의가 괴이한 방향으로 양손을 휘저었다. 독액에 몇 번이나 손을 담가가며 연성한 독혈마장(毒血魔掌)이 펼쳐졌다.

"후우—"

소량은 거칠어지는 호흡을 고르며 화검세를 펼쳐 시독괴의의 목을 베어나갔다. 검기가 반 장 가까이 쏟아져 일렁였다.

"헐! 과연 진무신모의 후인이로다!"

시독괴의가 대경하여 뒤로 물러났다. 그 역시 손에 기운을 담을 수 있지만, 반 장 가까이 발출해 내지는 못한다. 인정하고 싶지 않았지만 그는 이제 갓 약관이 넘은 듯한 청년의 무위를 쫓아가지 못했다.

시독괴의가 수세에 몰렸을 때, 왼쪽에서 탐화마객이 튀어나오더니 소량의 팔뚝에 기나긴 자상을 남겼다.

"크윽!"

피가 튀는 것과 동시에 소량은 철검의 방향을 틀었다.

탐화마객이 대경하여 철검을 막아내는 사이 소량의 육합권이 그의 심장을 파고들었다.

터엉―

북이 울리는 소리와 함께 탐화마객이 눈을 부릅떴다.

"끄어으, 끄어……."

방금의 손속은 검기상인의 경지에 오른 그로서도 방어하지 못할 만큼 쾌속하고도 강맹했다. 탐화마객은 기음을 내지르며 자신의 심장을 어루만지다가 털썩 쓰러졌다.

이미 마음을 정했기 때문일까!

소량의 손속은 잔혹하고도 정확했다.

"클클! 탐화마객이 목숨을 바쳐 기회를 만들어주는군!"

시독괴의가 사이하게 웃으며 가볍게 손끝을 비볐다. 소매에서 미세한 바늘 몇 개가 내려오더니 그의 손끝에 잡혔다. 머리카락보다 얇은 세침(細針)이었다.

"죽어라!"

시독괴의가 싸늘하게 웃으며 세침을 쏘아 보내자 소량의 철검이 부드럽게 곡선을 그렸다. 강맹한 기운이라기보다 음유하고 부드러운 기운이 검에 어렸다.

검극으로 세침을 받아내어 옭아맨 소량이 세침을 두어 바퀴 회전시킨 후 냅다 금륜사왕에게 집어 던졌다.

"헛!"

소량의 배후를 공격하려던 금륜사왕이 경호성을 터뜨리며 뒤로 물러났다. 이대로 전진했다가는 세침에 맞아 크게 손해를 입게 생긴 것이다.

"이런!"

하지만 이곽만큼은 소량으로서도 막을 방법이 없었다.

이곽은 잔혹하게 웃으며 사사도법을 펼쳐 소량 대신 그 뒤에 있는 노인의 머리를 베어갔다. 소량이 할 수 있는 일이라고는 어깨로 노인을 밀쳐 내는 것뿐이었다.

이곽의 도가 뱀처럼 휘더니 소량의 팔을 베어왔다.

"크윽!"

막는다고 막았지만 어깨에 작은 구멍이 뚫렸다. 일순간 재주를 부려 요혈을 피하지 못했다면 불구가 되고 말았으리라.

소량이 노인이 안전한 것을 확인하자마자 철검으로 원을 그려 토검세를 펼쳤다. 이곽의 붉은 도기가 이번에는 목을 베어오고 있었던 것이다.

마음이 다급했기 때문일까?

검세가 이전보다 흉포하게 변해갔다. 정확히 말하자면, 오행검 속에 태룡도법의 묘리가 섞여간다고 말해야 옳을 것이다. 반 장 가까이 뻗어나갔던 검기가 철검 속으로 수축했다.

콰앙―!

검기를 일으키지 않은 것처럼 보이던 소량의 철검과 이곽의 도기가 마주치자 폭음이 울려왔다.

이상한 일이 생긴 것은 바로 그때였다.

빠져나갔던 기운보다는 적었지만, 새로운 기운이 호흡을 통해 소량의 단전으로 파고들었던 것이다.

'이, 있던 기운이 나가고 새로운 기운이 들어온다?'

소량은 그제야 비로소 자신의 상황을 짐작할 수 있었다.

"천지교유(天地交遊)라 했다잉. 태허일기공의 공력은 항상 그 자리에 있지 않고 언젠가는 흩어지게 마련인 겨. 그래도 걱정하지는 말어. 새로운 기운이 들어와 빈자리를 채워줄 테니께 말이여. 알아듣겠냐?"

'삼단공(三段功)!'

소량의 얼굴이 새카맣게 변해갔다. 소량이 자각한 탓인지 기운이 빠져나가고 새로 유입되는 속도가 빨라졌다.

'아무리 자연스레 찾아오게 마련이라지만, 하필 이때……!'

고요한 곳에서 금줄을 치고 운기해도 모자랄 지경인데 전투 중에 운기를 하게 되고 말았다.

설상가상으로 내부를 관조할 시간도 없었다. 금륜사왕이 젊은 아낙과 어린 계집아이에게로 달려들고 있었던 것이다.

소량은 앞뒤 가릴 것 없이 앞으로 뛰어들었다.

"으아앙! 엄마, 엄……."

웅크린 아낙이 겁을 먹고 우는 계집아이를 감싸 안았다. 아낙은 눈을 질끈 감고는 주문처럼 같은 말을 반복했다.

"살려주세요, 살려주세요."

하지만 금륜사왕은 잔인하게 웃으며 금륜을 휘두를 뿐이

었다. 아슬아슬한 순간에 두 모녀의 앞을 가로막은 소량이 철검을 휘두를 새도 없이 손으로 금륜을 움켜쥐었다.

픽―

소량의 손에서 튄 피가 아낙의 얼굴에 묻었다.

도대체 왜일까? 찰나의 순간, 소량은 어미의 품에 안긴 계집아이의 얼굴을 바라보았다.

눈물이 그렁그렁 고인 눈을 휘둥그레 뜬 계집아이.

당장에라도 포기하고 싶을 정도의 절망감이 조금씩 사라지고 서글프고 안타까운 기분이 그 자리를 대신했다.

계집아이의 울먹이는 모습이 막내 유선을 닮았다.

'걱정하지 마라.'

소량은 억지로나마 미소를 지어 보였다.

'너도, 네 어머니도 괜찮을 거야.'

계집아이가 울음을 조금씩 그치더니 소량을 바라보았다. 소량은 어느새 금륜사왕에게로 시선을 돌린 상태였다.

소량이 부들부들 떨리는 손으로 금륜을 밀어내었다.

"이, 이 괴물 같은 놈이!"

공격이 막힌 금륜사왕이 침음성을 터뜨렸다.

다른 금륜으로 소량의 팔을 잘라 버리려 했지만, 그것 역시 철검에 가로막히고 만 것이다.

아니, 어쩌면 놀란 것은 금륜이 가로막혔기 때문이 아닐지도 몰랐다. 소량의 눈, 그 차가운 시선과 마주하자 뱀 앞에 선 개구리처럼 사지가 굳어간다.

파사신기(破邪神氣)라! 금륜을 통해 파고든 태허일기공의 기운이 일순간 마기를 잡아먹어 버린 것이다.

"움직이는 순간 너희가 했던 짓을 똑같이 돌려주겠다고 했었다."

"무어라고 지껄이는 게냐!"

물러난 금륜사왕이 다시금 금륜을 휘두르려 할 때였다.

"커허억!"

갑자기 가슴팍이 시원해지는가 싶더니 불로 지지는 듯한 느낌이 들었다. 금륜사왕은 가슴을 내려다보고는 눈을 부릅떴다.

철검이 심장에 파고들어 와 있었다.

그것이 금륜사왕이 본 마지막 풍경이었다.

"쿨럭, 쿨럭!"

금륜사왕을 쓰러뜨린 소량이 잔뜩 지친 얼굴로 기침을 토해내며 자리에서 일어났다. 하지만 이곽은 그 모습에서 안도보다는 두려움을 느껴야 했다.

'무, 무영살수와 탐화마객, 이제는 금륜사왕까지!'

다섯 명의 마인이 합공을 했는데도 불구하고 벌써 세 명의 마인이 목숨을 잃었다. 이곽이 긴장한 듯 침을 꿀꺽 삼

켰다.

'다섯 명으로는 방법이 없다. 혈살금마의 계산이 틀렸어.'

사실 혈살금마 윤소천의 계산이 틀린 것은 아니었다. 이전의 소량이었다면 다섯 명의 마인을 감당치 못했으리라.

하지만 도천존의 삼 초식을 받아내며 소량은 태허일기공의 삼단공에 대한 단초를 잡았다. 소량에게는 천운(天運)이 닿은 셈이었고 마인들에게는 불운(不運)인 셈이었다.

"쿨럭, 쿨럭!"

소량이 거칠게 기침을 토해냈다. 태허일기공의 기운이 빠져나가면서 내상을 다스릴 수가 없게 된 것이다.

외상에 남아 있던 도기와 검기도 난리를 부렸다.

억지로라도 막아보려 했지만, 태허일기공의 기운이 빠져나가고 유입되는 속도는 점점 더 빨라지기만 할 뿐이었다. 속도가 계속해서 빨라지는 탓에 검을 들고 있는 것조차 힘겨웠다.

하지만 이상하게도, 소량의 머릿속은 너무도 명징했다.

소량은 더듬더듬 태허일기공의 구결을 읊조렸다.

"동과 정에는 변하지 않는 것이 있어 강한 것과 부드러운 것이 비로소 구별되느니라. 강한 것과 부드러운 것이 서로를 밀어내니 비로소 변화가 생기느니라."

동과 정, 강과 유, 음과 양.

이기(二氣)가 서로 밀어내고 끌어당기며 변화를 이룬다. 그것을 깨달았을 때 소량은 검기상인의 경지에 접어들었다.
 이제 소량은 그다음의 경지도 엿볼 수 있게 되었다.
 이기의 변화가 갈마드는 것을 바로 도라 하지 않던가!
 "음양이 갈마드는 것을 도라 하는데… 오직 인으로 드러나고 용 속에 숨어 있느니라."
 멈추어 선 소량에게서 옅은 바람이 불어왔다.
 소량이 태허일기공의 삼단공에 입문하는 순간이었다.

第三章
혈란(血亂)

1

 모녀를 등지고 마인들에게로 다가가던 소량은 이제 더 이상 걷지도 못했다. 이미 혼절해 버린 듯 신형도 앞뒤로 휘청거린다. 그 모습에 시독괴의가 희열에 찬 미소를 지었다.

"지, 지친 건가?"

 지금까지 싸운 것이 용하다 싶을 정도로 많은 상처를 입은 소량이었다. 게다가 백성들까지 보호해야 했으니, 심력의 소모도 적지 않았을 터였다.

"지친 것이 맞군!"

시독괴의가 살기를 일으키며 가만히 손끝을 흔들었다. 그의 손끝에 머리카락보다 얇은 바늘이 잡혔다. 이곽 역시도 마찬가지 생각을 했는지, 소량에게로 달려들며 도기를 발출했다.

죽음 직전에 이르렀지만 소량은 그들을 막을 자신이 없었다. 검을 쥐고 있는 것 자체가 기적이라고 생각될 정도였으니 말 다한 셈이었다.

소량은 그들을 멍하니 바라보며 삼단공에 대해 생각했다.

'이제는 왜 갑자기 삼단공에 이르렀는지 알 것도 같다.'

알고 보면 그것은 조금도 이상한 일이 아니었다.

도천존의 삼 초식을 받아낸 직후부터 이미 삼단공은 시작되어 있었던 것이다.

그때, 갑자기 소량의 혈도가 뒤틀리며 투둑 소리를 냈다.

전신의 모든 내공이 자연으로 돌아가는가 싶더니, 일순간 그보다 많은 기운이 몰려들었던 탓이었다.

전투 중에 운기를 하고 있는데 어찌 멀쩡하길 기대할까!

마침내 주화입마(走火入魔)가 찾아오고 말았다.

그러자 소량의 의식보다 먼저 무의식이 움직였다. 이대로라면 과하게 밀려든 기운 탓에 기맥이 부풀어 터져 버리고 말 터, 어떻게든 기운을 발출해야만 했던 것이다.

이곽의 도기가 소량의 목을 베어내기 직전이었다.

'본래 구름 속의 용은 머리만 보일 뿐…….'

소량이 검을 패검하듯 허리춤으로 가져갔다.

'꼬리를 보이지 않는다.'

문득 사방에 지독한 정적이 깔렸다.

"이, 이놈이?!"

소량의 목을 베어내기 직전, 이곽은 일순간 균형을 잃고 말았다. 소량에게로 대기가 빨려 들어가는가 싶더니 마치 유사(流砂)에 빠진 듯 꼼짝할 수가 없게 된 것이다.

소량의 기세에 짓눌려 도기마저도 발출할 수 없었다.

"피하시게, 잔혈마도!"

소량의 검에 거대한 기운이 응축되고 있다는 것을 알아차린 시독괴의가 버럭 고함을 질렀다.

콰콰콰-!

그와 동시에 천지가 진동했다.

소량이 출검하자 내기의 폭풍에 휩싸인 이곽과 시독괴의가 바람 앞의 낙엽처럼 뒤로 튕겨났다. 그들뿐만이 아니라 반경 이 장 부근의 토담과 모옥들도 박살이 났다.

태룡과해!

말 그대로 거대한 무언가가 스쳐 지나간 듯했다.

"커헉, 쿨럭!"

바닥에 널브러진 이곽이 거세게 기침을 토해냈다. 마지막 순간 소량의 뒤쪽으로 몸을 날렸는데, 왼쪽 다리가 소용돌이에 빨려 들어가더니 결국은 뒤로 튕겨나고 말았던 것이다.

"크아악!"

고개를 내려다보니 왼쪽 다리가 사라져 있다. 끔찍한 내상 때문에 이곽은 몸을 파르르 떨 뿐 함부로 움직이지 못했다.

그래도 그는 시독괴의보다는 나았다. 이곽과 달리 전신이 태룡과해에 휘말린 시독괴의는 아예 상반신과 하반신이 나누어진 채 절명한 상태였다.

이곽은 다시금 소량에게로 시선을 돌렸다.

'이건, 이건······.'

강호에는 한 손이 열 손을 당할 수는 없다는 말이 있다. 실제로 다수를 맞이해 살아남은 무인은 극히 드물다.

그러나 극한에 오른 무인이라면 이야기가 다르다. 양이 백 마리가 모여도 호랑이를 당해낼 수는 없는 법인 것이다.

검신 진소월이나 혈마, 진무신모나 삼천존 등이 바로 그런 자였다. 그들을 상대할 수 있는 사람은 오로지 그들뿐이다.

'거, 검신 진소월?'

잔혈마도는 소량의 모습에서 검신 진소월을 떠올렸다.

이제 갓 약관을 넘긴 듯한 청년에게서 수백 무인을 상대해도 오직 오연할 뿐인 절대자를 연상한 것이다.

실제로 지금 소량의 모습은 작은 검신과도 같았다.

그때, 소량이 허리를 반으로 꺾으며 기침을 토해냈다.

"쿨럭, 쿨럭."

괴로움을 참을 수 없는지 소량이 가슴을 쥐어뜯었다.

즉사하기 전에 내력을 발출한 것은 좋았지만, 그 탓에 기맥이 말라붙어 제멋대로 뒤틀리기 시작했다.

시독괴의가 던진 세침에 묻어 있던 독기가 미친 듯이 날뛰었고, 자상에서는 피가 온천마냥 콸콸 샘솟았다.

사실 이만한 내력을 발출하고도 살아 있는 것 자체가 기적이었다. 소량은 이제 갓 태허일기공의 삼단공에 이른 젊은 무인일 뿐 결코 도천존이 아닌 것이다.

소량은 몰랐지만 태룡과해 역시 실패하고 말았다.

흔적이 용이 지나간 것처럼 구불구불하게 파여 있어야 하는데, 마치 산사태가 난 것처럼 무너져 있는 것이다. 소량이 펼친 것은 태룡과해가 아니라 그저 내기의 폭주에 불과했다.

"커허억!"

지독한 통증이 밀려들었지만 소량은 억지로 고개를 들었

다. 이곽이 살아 있는 것을 본 소량이 눈을 질끈 감았다.

'아직은 한 줌의 내공이 남아 있다.'

겨우 허리를 편 소량이 연신 피를 토해내며 이곽에게로 다가갔다. 한쪽 다리를 잘린 이곽이 미친 듯이 뒤로 기어갔다.

"사, 살려주시오!"

소량은 대답 대신 이를 질끈 깨물었다.

녹색을 띤 이곽의 시선이 불안한 듯 흔들리고 있었는데, 그 안에는 생존욕구만이 있을 뿐 후회도 죄책감도 없었다.

"인간 사냥을 하겠다고 할 때와는 다르구나."

이곽의 앞에 선 소량이 나직한 목소리로 중얼거렸다.

이곽이 정신이 나간 사람처럼 양팔을 휘저었다.

"용서하시오, 천애검협! 나, 나는 아주 쓸모가 많은 사람이라오! 천애검협께서는 남궁세가로 가면 안 된다는 사실을 알고 계시오? 쿨럭, 쿨럭! 그곳에 혈마께서 직접 찾아오실 것이오. 그렇게 되면 진무신모는 물론 남궁세가 전체가 멸문을 면치 못할 것이외다."

절체절명의 위기에 처한 이곽이 비명처럼 외쳤다. 소량이 철검을 들어 올리다 말고 주춤하자 이곽이 재차 고함쳤다.

"살려주시오! 나를 살려준다고 약조한다면 내가 아는 모든 것을 말하리다! 제발, 제발 살려주시오!"

주춤하고는 있었지만, 소량은 이곽의 눈빛 뒤에 살기가 숨어 있음을 느낄 수 있었다. 그의 손이 등 뒤로 돌아가 꼼지락거리고 있다는 것도 알고 있었다.

아니나 다를까. 이곽이 잔인한 미소를 머금는가 싶더니 허리춤에서 단도를 꺼내어 소량을 찔러왔다.

"죽어라! 천애……."

푹!

그보다 먼저 이곽의 목에 소량의 철검이 파고들었다.

"후, 후우—"

소량은 이곽의 시신을 물끄러미 내려다보다가 지친 듯 몸을 돌렸다. 그리고 휘청거리며 걸어가는데, 두어 걸음을 채 걷지 못하고 무릎을 꿇고 만다.

주저앉은 소량은 어깨를 늘어뜨리며 고개를 떨구었다.

'기맥이 엉망이 되어버렸어.'

내부를 관조하던 소량의 얼굴이 하얗게 질렸다.

새로 들어온 태허일기공의 기운이 존재하긴 했지만, 이전에 비하면 손톱만큼의 양도 되지 않는 것이다.

하지만 이대로 목숨을 잃을 수는 없었다.

소량은 당장에라도 포기하고픈 마음을 애써 억누르며 태허일기공의 법문을 읊조렸다.

"동과 정에는 변하지 않는 것이 있어, 강한 것과……."

삼단공의 묘용인지, 정좌를 하지 않고도 기운이 휘돌았다. 몸만 멀쩡하다면 움직이면서도 운기할 수 있을 것 같았다.

소량은 천지간의 소리에 귀를 기울였다. 귓가로 바람이 불어오는 소리가 들려왔고, 코끝으로 흙의 향내가 들어왔다.

초겨울의 차가운 공기가 소량의 전신을 휘감았다.

"…서로를 밀어내니 비로소 변화가 생기느니라."

본래 기맥(氣脈)은 혈맥(血脈)과 같으면서도 다르다. 기의 흐름이 선행되어야만 피가 흐르는 법이지만, 혈맥은 눈에 보이고 기맥은 눈에 보이지 않는 것이다. 소량의 혈맥은 멀쩡할지 몰라도 보이지 않는 기맥은 만신창이가 되어 있었다.

태허일기공의 기운은 바로 그 기맥을 치유하고 있었다. 그 양은 적었지만 태허일기공이 치유하는 속도는 감탄을 터뜨릴 정도로 빨랐다.

문제는 아직 소량이 주화입마에서 벗어나지 못했다는 점이었다. 머리로 치솟은 사기(邪氣)가 소량을 유혹했다.

'피곤하지 않아?'

어디선가 낯선 목소리가 들려왔다.
태허일기공을 운기하던 소량이 받은기침을 토해내었다. 일순간 목소리에 마음을 빼앗겨 버리고 만 것이다.

'이제는 쉬어도 괜찮아. 많이 지쳤잖아. 사람들도 더 이상은 해를 입지 않을 거야.'

지독하게 달콤한 목소리였다.
그 말대로 당장에라도 누워서 쉬고 싶었다. 맨바닥이라도 좋으니 한숨 잤으면 원이 없겠다 싶었다.
소량은 목소리의 유혹에서 벗어나기 위해 태허일기공의 법문을 더욱 빠르게 읊조렸다. 계속해서 목소리가 들려왔지만, 소량은 듣지 못한 척하려 애쓰며 이를 악물었다.
그렇게 얼마가 지났을까.
목소리가 불현듯 도천존의 것으로 바뀌었다.

'묻노니, 협이란 무엇인가?

수행하는 석가(釋迦)를 유혹했던 마라(魔羅)처럼, 도천존의 목소리가 소량의 집중을 방해했다. 거기에 마음을 빼앗기면 빼앗길수록 주화입마는 깊어지게 마련이었다.

하지만 소량은 저도 모르게 그에 대답하고 말았다.
'제가 아둔하여 아직도 잘 모르겠습니다.'

'훙! 그럼 어찌하여 백성들을 구하려 했느냐? 그 대가가 무엇이냐? 네 몸이 만신창이가 되었구나. 이제 곧 죽음에 이르겠구나. 그것이 협이냐?'

문득 태허일기공의 흐름이 느려지기 시작했다. 계속해서 운기하고는 있었지만, 소량은 집중을 놓치고 만 것이다.
도천존이 이곳에 있지 않으니 그저 목소리만 빌렸을 뿐 그가 질문하는 것은 아닐 것이다.
질문을 하는 주체는 누구인가.
대답을 하는 주체는 누구인가.
생각이 깊어질수록 기맥은 뒤틀려만 갔다.

'너는 지금 후회하고 있느냐?'

소량은 그제야 목소리의 정체를 알 수 있었다.
'이제 보니 이것은 내 목소리로구나.'
자신의 마음에 남은 미망이 질문을 던지고 있었다.
조금 전까지만 해도 생사투의 한가운데 있었는데, 어찌 두려움이 없을 수 있겠는가!

 죽음이 두려웠고, 할머니를 모시러 가지 못할까 두려웠다. 소량은 백성들의 죽음을 모른 척하고 도망치고 싶은 유혹을 몇 번이나 이겨내야 했다.

 '나는 후회하고 있을까?'

 소량이 천천히, 아주 천천히 눈을 떴다. 소량의 앞에는 어느 계집아이 하나가 서서 걱정스레 그를 바라보고 있었다.

 어미의 품에 안겨 울음을 터뜨리던 계집아이였다.

 계집아이의 뒤로는 사람들이 인산인해를 이루고 있었다.

 고맙다며 머리를 조아리는 사람도 있었고, 협객이라며 감탄하는 사람도 있었다. 의원을 부르라며 고함치는 사람도 있었고, 자기가 직접 뛰어가는 사람도 있었다.

 심지어 운기 중에 건드리면 안 된다는 것도 모르고 옷을 찢어 소량의 자상을 묶는 사람도 있었다.

 그 모두가 같은 뜻으로 소량을 바라보고 있었다.

 '나는……'

 소량이 멍하니 계집아이를 바라보았다. 계집아이가 단풍잎 같은 손으로 소량의 볼을 어루만졌다.

 "히이―"

 계집아이는 소량이 눈을 떴으니 이제는 괜찮은 줄 알고 히죽 미소를 지었다. 그 미소가 소량의 마음을 적셨다.

혈란(血亂) 79

소량의 얼굴에도 미소가 어렸다.

'…후회하지 않아.'

심마에서 벗어나기라도 한 것일까!

태허일기공의 기운이 회전하는 속도가 수배는 빨라졌다.

일부러 법문을 읊조리지 않아도 그러는 것이 당연하다는 것처럼 자연스럽게 움직인다. 기맥이 회복되면서 여태 듣지 못했던 소리들이 들리기 시작했다.

"의원은 아직도 안 오고 뭐하는 게야!"

"물, 깨끗한 물부터 떠 와!"

반 각의 시간이 지난 후, 조금이나마 내상을 수습한 소량이 자리에서 일어났다. 기맥은 이전보다 절반가량 좁아졌고 단전도 삼 할가량 수축했지만 최소한 움직일 수는 있었다.

"피를 그렇게 흘렸는데 괜찮으십니까?"

소량의 팔에 붕대를 묶던 사내가 믿을 수 없다는 듯 질문했다. 소량이 일순간 대꾸하지 못하고 그를 바라보는 사이, 수많은 걱정과 염려가 쏟아졌다.

"의원을 불렀으니 움직이지 말게, 움직이지 마!"

"저 말이 옳습니다! 어서 앉으세요, 대협."

고맙다고 인사를 하는 사람들과 걱정하는 사람들 사이에서 소량이 당혹스러운 표정을 지었다.

"대협이라니요. 저는 그런 사람이……."

소량이 말을 맺지 못하고 입을 꾹 다물었다. 문득 이곽이 죽기 직전 떠들던 이야기가 떠오른 것이다.

'혈마, 남궁세가!'

소량은 흔들리는 시선으로 북쪽을 돌아보았다.

"…할머니."

소량이 조그맣게 중얼거리고는 이를 질끈 깨물었다. 아직 내상을 온전히 치유하지 못했고, 외상은 아예 건드리지도 못했지만 쉬고 있을 틈은 없었다.

"저는 가봐야 합니다."

"가긴 어디를 갑니까, 시체나 다름없는 몰골인데!"

사람들이 저마다 무어라고 떠들어댔다.

소량이 정신이 나간 사람처럼 서둘러 걸음을 옮기자 당황한 사람들이 소량을 붙잡았다. 억지로 뿌리치려던 소량이었지만 여리고 작은 손 하나는 떨쳐 내지 못했다.

"잠시만요, 대협!"

소량이 무심결에 뒤를 돌아보았다. 계집아이를 품에 안은 아낙이 황망한 얼굴로 소량을 부르고 있었다. 소량과 시선이 마주치자 아낙이 아이를 안은 채로 머리를 숙였다.

"고맙… 고맙습니다."

멍하니 아낙을 바라보던 소량이 환하게 미소를 지었다.

무서운 무공과 달리 어린아이의 미소처럼 티없이 맑은 미소였다. 아낙을 포함한 장내의 사람들이 멍한 표정을 지었다.

곧이어 소량이 마주 고개를 숙였다.

"어, 어이쿠!"

구명지은의 은인이 머리를 조아리는데 서 있을 사람은 없다. 소호촌의 사람들이 정신없이 절을 올렸다.

사실 그들의 심장은 그야말로 두근두근 뛰고 있었다.

본래 무학을 익히는 것은 지난하고 괴로운 과정이라, 무인들 중에는 괴팍한 자가 많다. 무력은 곧 권력이라 제멋대로 힘을 휘두르는 사람도 한두 명이 아니었다.

하지만 저 사람은 어떠한가!

자신의 목숨을 바쳐 사람들을 구하려 했거니와, 일이 끝나고도 공치사를 하지 않는다. 고맙다는 인사에도 마주 머리를 숙이는 모습에 사람들의 가슴이 뜨거워졌다.

하지만 사람들이 다시 고개를 들었을 때는 아무도 없었다. 사람들은 그제야 소량이 떠나갔음을 알고 슬퍼했다.

그날로부터 강호에 의협(義俠)에 대한 소문이 떠돌았다.

2

소량이 소호촌을 떠난 후로 며칠이나 지났을까.

남궁세가의 대부인, 진운혜는 최근 수심에 잠겨 있었다. 어머니의 거동이 부쩍 수상쩍어진 탓이었다. 요즘 들어 꿈속에서 만난 낯선 아이들에 대한 이야기를 꺼내는 때가 많아졌다.

이야기에 구체적인 데가 있어, 진운혜는 그 꿈이란 것이 지난 칠 년 동안의 세월을 말하는 것이 아닐까 추측했다.

하지만 그 순간이 지나면 어머니는 자신이 했던 이야기를 몽땅 잊어버리고 만다.

낯선 아이들의 이야기도 하지 않았을뿐더러 그에 대해 물어보면 오히려 그게 무슨 헛소리냐는 표정을 지었다.

진운혜는 그럴 때마다 덜컥 겁이 나는 것을 느껴야 했다. 혹여 자신마저 잊어버리면 어쩌나하는 두려움이었다.

'오늘도 계시지 않는구나.'

아침이 밝았는데도 상방(上房)에 계셔야 할 어머니가 보이지 않자, 진운혜는 한숨을 내쉬며 선식당(仙食堂)으로 향했다.

어머니는 틀림없이 거기서 이것저것을 만들며 시간을 보내고 있으리라.

아니나 다를까. 선식당에 도착하니 유월향이 비단옷에 국물을 튀겨가며 무슨 국을 끓이고 있었다.

"어머니."

"으응?"

유월향이 진운혜를 보고는 머쓱한 표정을 지었다.

남궁세가는 황상의 친필을 받은 큰 가문으로, 그곳의 대부인쯤 되면 사소한 행동도 마음대로 할 수가 없다. 타인의 시선을 예의주시해야 하거니와 체면을 중시할 줄 알아야 한다.

그런 대부인의 친모가 조방에서 요리를 하고 있다는 것은 있어서는 아니 될 일이다.

"미안하구나. 여서(女壻:사위)가 무림맹에 가 있다는 것은 알고 있지만, 문득 그가 좋아하던 파채국이 떠올라서……."

진운혜가 한숨을 내쉬며 중얼거렸다.

"허리도 다 굽은 사람이 조방에 들어가 있으면 제가 욕을 먹어요, 어머니."

"그래, 안다."

유월향이 잔뜩 굽은 허리를 꼿꼿이 폈다. 아직 허리가 완전히 굽지 않았다는 듯이 말이다. 늙어가는 것은 아무렇지도 않았지만 늙음을 걱정하는 딸의 시선은 왠지 싫었다.

유월향은 치맛자락을 툭툭 털고는, 어찌할 바를 모르고 자신을 바라보고만 있는 숙수에게 가볍게 목례해 보였다.

"기왕 끓인 거니 조반으로 들어요."

"어이쿠! 머리를 숙이실 필요는 없습니다, 노태태!"

숙수는 아예 엎드려 절을 하는 시늉을 했다.

진운혜가 먼저 몸을 돌려 커다란 조방에서 빠져나가자 유월향이 터벅터벅 그 뒤를 쫓았다.

"잠이 오지 않아 조방에 가 있었던 게니 너무 화내지 말려무나. 내가 옛날부터 좀 그러지 않았니."

며칠 전부터 유월향은 불안한 예감을 느끼곤 했다. 선잠이 들었다가도 그런 느낌이 올 때면 벌떡벌떡 잠에서 깨어나곤 했다. 그런 날이면 조방에 들어가 있어야 마음이 편해진다.

"화를 내긴 누가 낸다고 그래요?"

유월향의 말에 진운혜의 표정이 구겨졌다. 왜 엄마는 자신을 볼 때마다 죄인이 되어버리는 걸까. 자신이 무어라 타박한 것도 아닌데, 까짓 조방 따위 매번 가 있어도 괜찮은데.

"그냥 칠 년 전처럼 또 사라지실까 걱정이 된 것뿐이에요."

"염려하지 마라. 설마 하니 그런 일이 또 있으려고."

마음이 무거워진 진운혜와 달리 유월향은 가슴 한구석이 따듯해지는 것을 느꼈다. 딸과 함께 있는 것만으로도 행복했고, 잘 대해주기는커녕 짐만 되는 것 같아서 미안했다.

"그래, 여서에게서는 아직도 소식이 없던?"

유월향이 진운혜의 뒤를 쫓으며 질문했다.

"장부(丈夫)의 성격이 급하단 것 아시잖아요. 언제 출발한다는 서신이야 보내지만, 막상 출발하고 나면 서신보다 빨리 도착한다고 소식도 전하지 않아요."

"그럼 무소식이 희소식이라고 생각하고 기다리는 수밖에 없겠구나. 두 달 전에 출발했다니 이제 도착할 때가 다 되었겠다. 여서가 얼른 돌아와야 할 텐데."

유월향이 심각한 표정으로 중얼거렸다.

혈마곡이 발호한다면 그 시작은 틀림없이 남궁세가가 될 터였다. 남궁세가는 초대 무림맹주를 배출한 가문이니까.

가깝기로는 군문에 있는 셋째 아들이 더 가까웠지만, 바로 그 때문에 유월향은 남궁세가로 온 참이었다.

"혈마곡의 발호라……"

진운혜가 어두운 표정으로 중얼거렸다.

유월향에게서 혈마곡에 대한 이야기를 들은 진운혜는 가문의 방비를 강화하는 동시에 무림맹으로 사람을 보내었다.

서신은 가주와 엇갈려 도착하게 되겠지만 소식을 들은 무림맹주, 즉 진운혜의 큰 오라버니는 그 즉시 무림맹의 대회합을 소집하여 대책을 강구할 것이다.

유월향이 진운혜의 손을 꼭 잡아주었다.

"너무 걱정하지 말려무나. 그가 오십여 년 전의 과거를 기억하고 있다면, 내가 있는 한 쉬이 움직이지 못할 게야."

유월향은 남궁세가를 통해 혈마곡의 발호를 알리고 난 후, 직접 혈마를 찾아갈 생각이었다. 목숨을 잃는 한이 있더라도 혈사가 벌어지기 전에 막을 수만 있다면 아깝지 않았다.

"어떻게 걱정이 안 되겠어요? 그들은 제일 먼저 남궁세가를 노릴 텐데 말이에요."

진운혜가 입술을 비죽거렸다.

그 모습만큼은 어릴 적의 모습과 똑같아서 유월향은 흘흘 미소를 짓고 말았다. 마음 같아서는 머리를 쓰다듬어 주고 싶은데, 다 큰 딸이라 그럴 수도 없다.

유월향은 넓고도 넓은 남궁세가로 시선을 돌렸다.

"그보다 너희 집은 너무 삭막하구나. 옛날에는 그러지 않았던 것 같은데 어째 뛰어노는 아이들 하나 없담."

유월향이 미간을 찌푸리며 투덜거렸다.

진운혜의 표정이 조금 심각해졌다.

"왜요, 또 그 낯선 아이들이 떠오르세요? 어차피 이름도 기억하지 못하시면서."

진운혜가 유월향의 눈치를 살피며 말했다. 유월향은 진운혜의 말을 알아듣지 못하고 멍한 표정을 지었다.

"낯선 아이들이라니? 누구를 말하는 게냐?"

"아니, 아무것도 아니에요."

진운혜가 유월향의 시선을 피해 고개를 돌렸다.

사실 진운혜는 아직도 주화입마의 가능성을 염려하고 있었다. 어머니와 같은 고강한 무인이 매병에 걸릴 리가 없다고, 인간으로 남을 리가 없다고 생각했기 때문이었다.

'만약 주화입마가 아니라면……'

단지 사랑하기 위해 인간으로 남았다는 말이 마음에 턱하니 걸렸다. 만약 그게 사실이라면 자신들을 미워하는 한이 있더라도 건강하게 오래 살아주었으면 하는 마음이 간절했다.

그렇게 몇 걸음이나 걸었을까.

불현듯 유월향이 걸음을 멈추고는 동쪽을 바라보았다. 유월향이 그대로 미동조차 하지 않자 진운혜가 그녀를 불렀다.

"어머니?"

"쉿."

유월향의 표정이 딱딱하게 굳어갔다. 동쪽 오 리 밖에서 살기와 마기가 어우러져 함께 일렁이고 있었던 것이다.

그저 마기만이라고 해도 놀랄 지경인데, 제법 강력한 금기(金氣)까지 함께 있었다.

유월향은 불길한 예감이 현실로 찾아왔음을 직감했다.

'오행마(五行魔)……'

유월향은 금기에 괘념치 않고 기감을 한층 더 넓혔다. 그 정도의 금기라면 능히 꺾어버릴 수 있는 까닭이었다. 그녀가 우려하는 것은 그보다 더한 마기가 있을까 하는 점이었다.

'혈마는 오지 않은 것인가, 아니면 숨어 있는 것인가?'

유월향이 그렇게 생각할 즈음이었다. 동이 터 오르는 것과 동시에 살기와 마기가 움직이기 시작했다.

유월향은 눈을 질끈 감으며 혀를 찼다.

"걱정하지 말라는 말이 무색하게 되었구나."

"어머니?"

"무학을 모르는 이들을 피신시켜라. 장로원에도 연락을 취하는 것이 좋을 테고."

진운혜의 얼굴이 새파랗게 질렸다.

"서, 설마……."

"그래. 손님이 온 것 같구나."

콰아앙—!

유월향의 말이 끝남과 동시에 남궁세가의 동쪽 외벽에서

폭음이 울려 퍼졌다. 남궁세가의 본관과 가장 가까운 곳이 동쪽이니 처음부터 심장부를 노리는 셈이다.

귀를 얼얼하게 하는 폭음과 동시에 수많은 파편들이 유월향과 진운혜에게로 날아왔다. 개중 몇 개의 파편은 어지간한 집채보다도 컸다.

유월향은 얼굴을 가득 찡그리며 가볍게 손을 떨쳤다.

아무런 소리도 들리지 않았지만 덜컥 하는 소리가 들린 것 같은 착각이 느껴졌다. 마치 시간이 정지한 것처럼 유월향에게로 날아오던 모든 파편이 허공에 멈춘 것이다.

절정의 허공섭물(虛空攝物)이었다.

"어서 가지 않고 무얼 하느냐?"

유월향이 마치 꾸중하듯 외치자 진운혜가 아랫입술을 질끈 깨물었다. 어머니를 혼자 두고 가야 한다는 생각 때문에 발걸음이 떨어지지 않았지만 지금은 도리가 없다.

"잠시만 계세요, 어머니!"

진운혜가 가볍게 발끝을 튕기자 그녀의 신형이 픽 꺼지듯 사라졌다. 유월향은 뒤도 돌아보지 않은 채 가볍게 혀를 찼다.

"고작 한 줌밖에 안 되는 마인들을 데리고 이 진무신모를 찾아오다니 간이 큰 아해들이로구나."

"으으음."

동쪽에서 기나긴 침음성이 들려오는가 싶더니, 백의(白衣)를 입은 수십 명의 마인이 모습을 드러내었다.

한눈에 봐도 족히 백 명은 넘을 듯했다.

"비명이 새나갈까 두려워 외당의 사람들을 죽이지 못했소. 발걸음 소리 하나 숨소리 하나 들리지 않았다 자부하는데… 신모께서는 어찌 우리의 행적을 아셨소이까?"

무인이라기보다는 청수하게 생긴 문사와 같은 마인이 입을 열었다. 유월향의 눈가가 꿈틀거렸다.

"백혈(百血)이 움직였느냐? 제법 꾀를 쓰는구나."

백혈은 본래 일월신교의 교주를 호위하던 호법원 출신의 고수들이었다. 일월신교의 호법원은 훗날 반으로 쪼개졌는데, 한쪽은 계속해서 교주를 호위했고 한쪽은 혈마곡에 들어 무림에 복수를 맹세했다.

백혈의 명성이 드넓게 퍼진 것은 삼천존 중 하나였던 검천존을 사흘이나 붙잡아둔 이후부터였다. 그들의 차륜전은 모두 죽이지 않으면 벗어나지 못할 정도로 끈끈하다 했다.

유월향이 얼굴을 굳히며 말했다.

"백혈이 움직였다 해도 나의 발을 묶지는 못한다."

"그래서 이것을 준비했소."

백혈의 수장, 백의신마(白衣神魔)가 중얼거렸다.

쐐애액—!

남궁세가의 가산 너머에서 철노(鐵弩)가 허공을 가르며 쏘아졌다. 이상한 점은 철노가 유월향이 아니라 그 뒤쪽의 건물을 향해 쏘아지고 있다는 점이었다.

흘끗 위를 올려다본 유월향이 눈을 부릅떴다.

커다란 벽력탄이 철노에 매달려 있었다.

"감히 잔재주를!"

유월향이 오만상을 찌푸리며 오른손을 들어 올렸다. 빠르게 날아오던 철노가 허공에 덜컥 멈추었다.

그리고 거대한 폭음이 울려 퍼졌다.

콰아앙—!

유월향이 손으로 원을 그리자 화염의 주위로 내기의 막이 생겨났다. 원을 그리고 난 후에는 아예 손조차 휘두르지 않는데도, 화염은 유월향이 만든 내기의 감옥을 빠져나가지 못했다.

하나 철노는 그것 하나만이 아니었다. 이번에는 무려 세 개의 철노가 벽력탄을 매단 채 날아오는 것이다.

유월향이 몇 걸음 물러나며 양손을 어지러이 떨쳤다.

"무엇들 하느냐? 진무신모의 목숨을 취하라!"

세 개의 철노가 허공에 덜컥 멈추자 백혈의 마인들이 유월향에게로 쏘아졌다. 백의신마가 작은 목소리로 입을 열었다.

"설마 하니 우리가 귀하를 죽일 수는 없겠지만……."

"갈(喝)!"

유월향이 달려드는 마인들을 보며 노호성을 터뜨렸다.

콰아앙—!

세 개의 벽력탄이 거대한 폭음을 터뜨리며 화염을 뿜어내는 사이로, 백의신마의 목소리가 울려 퍼졌다.

"적어도 다섯 시진은 붙잡아둘 수 있다고 자부하오."

마침내 천하를 뒤흔들 혈란이 시작되었다.

第四章
재회(再會)

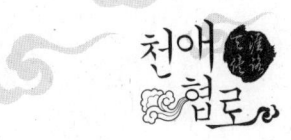

1

소량의 상태는 그야말로 처참했다.

허벅지나 어깨, 팔뚝 등에 생긴 자상은 금창약을 바를 새가 없어 찢어진 옷으로 감싸 매었을 뿐이고, 내상이 워낙에 극심하여 걷다가도 멈춰서 피를 토해내야 했다.

피와 먼지에 찌든 옷을 갈아입지도 못했다. 넝마나 다름없는 옷을 입은 탓에 소량의 몰골은 길거리에 버려진 시체와 다를 바가 없었다.

그 상태로 소량은 사흘 밤낮을 쉬지 않고 달렸다.

움직이지도 못할 만큼 지쳤을 때에만 잠시 멈추어 운기했을 뿐 그 외에는 쉴 때조차도 걸음을 옮기려 애를 썼다.
 태허일기공의 삼단공에 오르지 못했다면 불가능한 여정이었을 것이다. 삼단공에 오르면 움직이는 와중에도 운기가 가능한데, 그 덕택에 소량은 내력의 상실을 면할 수 있었다.
 '혈마의 무위는 상상을 초월할 정도로 고강하다고 했다.'
 할머니의 무위를 믿지 못하는 것은 아니었지만 불안함을 감출 수가 없었다. 만에 하나 할머니가 잘못되었을지 모른다는 생각에 소량의 심장이 쿵쾅쿵쾅 뛰었다.
 '아니, 할머니께서는 틀림없이 괜찮으실 것이다.'
 그렇게 사흘이 지난 후, 소량은 마침내 남궁세가가 있는 합비에 도착했다. 남궁세가를 알아보는 것은 그리 어렵지 않았다. 폭음과 함께 비명이 울려 퍼지고 있었으니까.
 "할머니……."
 신음을 내뱉은 소량이 합비의 중통(中桶)을 가로질러 경공을 펼쳤다. 한때는 활기찼을 저잣거리에는 쥐새끼 한 마리도 보이지 않았다. 사람들은 제집에 숨어 있거나 짐을 싸들고 황급히 도망을 치고 있었던 것이다.
 그리 오래 지나지 않아 소량은 신검지가(神劍之家)라 적힌 현판이 걸린 거대한 현문이 불에 타오르는 것을 볼 수 있다.
 콰아앙—!

그 뒤로 폭음이 울려 퍼졌다.

소량이 다급히 현문 안으로 들어가자, 폐허가 되어버린 남궁세가의 외당(外堂)이 보였다.

백혈이 잠시나마 유월향의 발을 묶은 사이 마인들이 들이닥쳐 외당을 쑥대밭으로 만들어 버린 것이다. 가주와 함께 창궁단(蒼穹團)이 자리를 비운 탓에 생긴 참사였다.

하지만 남궁세가의 저력은 만만치 않았다.

혈마곡이 워낙에 은밀하게 움직인고로 암습까지는 막아내지 못했지만, 눈 깜짝할 사이에 외당의 가솔들을 내당으로 불러올려 전선을 구축하는 데에는 성공했던 것이다.

소량은 황폐한 외당을 둘러보며 외쳤다.

"할머니!"

마인들 몇이 지나가긴 했지만, 소량에게 신경을 쓰지는 않았다. 소량의 처참한 몰골을 감안하면 그럴 법도 했다.

"할머니—!"

소량이 목청껏 고함을 지르며 내당 쪽으로 달음박질 칠 때였다. 외당의 구석에서 거친 숨소리가 들려왔다.

"허억, 허억!"

고개를 돌려보니 독두 장한 한 명이 엉덩이를 까고선 열심히 허리를 움직이는 것이 보였다. 그 밑에는 외당의 시비인 여인이 초점없는 눈으로 허공을 바라보고 있었다.

독두 장한은 혈마곡의 마인이었는데, 충성심이 별로 없었 던고로 전투에 참여하는 대신 시비 하나를 잡아 강간하는 중이었다.

"뭘 그리 보느냐? 너도 하고 싶으면 잠시만 기다……."

독두 장한이 말을 하다 말고 입을 다물었다. 소량의 눈에 피어오른 차가운 불길을 보자 소름이 오소소 돋았다.

서걱.

독두 장한의 목에 가느다란 실선이 그어졌다.

"으음?"

그것이 독두 장한의 유언이 되었다.

이상할 정도로 잔인한 손속으로 독두 장한의 목을 베어버린 소량이 그의 어깨를 잡아 밀쳐 내었다. 피를 뒤집어쓴 시비가 멍하니 소량을 바라보고 있었다. 소량은 독두 장한이 벗어두었던 장포로 그녀의 몸을 덮어주었다.

"이제 괜찮습니다."

초점이 없던 시비의 눈에 조금씩 초점이 돌아왔다.

잠시 뒤, 정신을 차린 시비가 겁에 질린 얼굴로 소량을 바라보며 몸을 감싼 장포를 움켜쥐었다.

"이제 괜찮아요."

"아, 아아……."

시비가 뒤로 기어가려 애쓰며 신음을 토해냈다. 소량은 도망치는 시비를 붙잡는 대신 한 가지 질문을 던졌다.

"혹시 진무신모 유월향을 아십니까?"

시비는 겁에 질린 얼굴로 계속 뒤로 물러나려 할 뿐 소량의 질문에 대답하지 않았다. 답을 듣지 못하리라는 것을 깨달은 소량이 이를 악물고 자리에서 일어났다.

"어서 도망치세요. 더 도와드리지 못해 죄송합니다."

소량이 빠르게 중얼거리고는 신형을 날리려 할 때였다. 말이 나오지 않는지 시비가 신음으로 소량을 불렀다.

"아아… 아아아!"

"예?"

소량이 뒤를 돌아보자, 시비가 부들부들 떨리는 손으로 좌측을 가리켰다. 소량이 어두운 얼굴로 고개를 숙였다.

"고맙습니다. 어서 도망치세요."

소량은 시비가 가리킨 곳으로 고개를 돌리고는 길을 확인하자마자 경신의 공부를 펼쳤다.

내당으로 가는 길은 그야말로 가관이었다. 푸른 옷을 입은 남궁세가의 무인들이 각양각색의 복장을 한 마인들과 싸우고 있는데, 수세에 몰렸는지 연신 후퇴하고 있었다.

시신을 수습할 새조차 없어 여기저기에 시신이 한가득이었다. 진무신모가 붙잡혀 있는 동안 승세를 굳혀야 했던 까닭에 마인들은 그야말로 미친 사람처럼 날뛰고 있었던 것이다.

"남궁세가의 창천대(蒼天隊)가 고작 이 정도였더냐!"

마인 한 명이 광소를 터뜨리며 도를 휘둘렀다.

창궁비연검(蒼穹飛燕劍)을 펼치던 젊은 무인이 정신없이 뒤로 물러났다. 그의 이름은 남궁곽(南宮郭)이라 하는데, 창천대에 든 지 얼마 되지 않아 무위가 일천하기 짝이 없었다.

죽음을 직감한 남궁곽이 눈을 질끈 감았다.

"빌어먹을!"

죽을 때가 되면 뭔가 그럴듯한 소리를 할 줄 알았는데, 정작 나오는 것은 욕설일 뿐이다.

남궁곽은 내심 자조하며 죽음이 찾아오길 기다렸다.

하지만 아무리 시간이 지나도 죽음이 찾아오질 않는다. 눈을 떠보니 마인의 목에 삐죽한 검날이 돋아 있는 것이 보였다.

"괜찮으십니까?"

털썩 무릎을 꿇는 마인의 뒤에서 소량이 나타났다. 남궁곽이 멍한 표정으로 소량을 바라보았다.

"당신은 도대체 누구시오?"

남궁곽이 질문했지만, 소량은 그가 무사한 것을 확인하고 몸을 돌릴 뿐이었다. 남궁곽은 소량이 마인인지, 남궁세가를 도우러 온 협사인지 알 수가 없다고 생각했다.

"도대체 누구냐고 묻지 않소!"

남궁곽이 재차 질문을 던졌을 때였다.

곧 남궁곽은 도저히 믿을 수 없는 풍경을 보게 되었다.

소량이 앞으로 달려나가는 것과 동시에 두 명의 마인을 튕겨낸 것이다. 한 명은 육합권으로 단전을 후려쳐 무학을 폐해 버렸고, 한 명은 오행검으로 사지의 근맥을 절단해 버렸다.

"고, 고수!"

남궁곽의 등골에 소름이 오싹 돋아 올랐다.

소량은 초조한 얼굴로 내당으로 가는 길을 바라보았다. 언뜻 보아도 수십, 아니, 수백은 될 듯한 마인들이 자리해 있었다.

'저들을 뚫어야 할머니에게로 갈 수 있는 건가?'

콰아앙―!

소량이 그렇게 생각할 즈음, 또다시 벽력탄이 터지며 폭음이 울려 퍼졌다. 소량은 화염이 구체에 갇힌 것처럼 둥글게 피어올랐다가 사라지는 것을 보고는 아랫입술을 질끈 깨물었다.

내력으로 화염을 감싸 안는 방식이 어딘가 익숙했다.

다름 아닌 태허일기공의 내력이었다.

'할머니께서는 역시 이곳에 계셨구나! 아직 무사하셔!'

초조해진 소량이 경공을 펼치자, 겸(鎌)을 쓰는 마인 두 명이 소량을 노리고 대들었다. 쇠사슬에 이어진 낫이 자유자재로 움직이자 소량의 안색이 창백해졌다.

"이런!"

일순간 목이 잘릴 뻔한 소량이 철판교의 수법으로 허리를 뒤로 굽혔다. 아예 뒤쪽에 철검을 꽂은 소량이 그것을 축으로 삼아 반원을 그리며 회전했다. 그다음에는 무릎을 꿇으며 마인 한 명의 발목 근맥을 끊어버린다.

"크허억!"

발목의 근맥이 잘린 마인이 비명을 지르며 쓰러졌다.

흔히 검기를 일으킬 수 있으면 명문의 일대제자 중에서도 수위에 올랐다 평한다. 남궁세가의 무인 중 검기상인의 경지에 이른 자들은 전부 내당에서 혈전을 벌이는 중이었다.

혈살금마를 비롯한 고수들이 외당을 내버려 두고 내당으로 먼저 침입해 왔던 것이다.

반면 외당의 마인들은 내당에 침입한 자들에 비하면 하수라 할 만한 자들이었다. 그들은 약한 대신 수적 우세를 믿고 남궁세가를 몰아치고 있었다.

소량이 벤 마인은 검기상인의 경지에 곧 이를 것이라 평가되는 자로, 외당의 마인들 중 최고수라 할 만한 무인이었다.

"으, 으음?"

최고수를 잃은 마인들이 소량을 주목했다. 푸른 무복을 입고 있지 않은 것을 보면 남궁세가의 무인은 아니다. 수많은 상처를 입은 몰골이 꼭 죽기 일보 직전의 패잔무사 같다.

마인들이 버럭 고함을 질렀다.

"네놈은 누구냐!"

경신의 공부를 펼치려던 소량이 걸음을 멈추었다. 발치에 여덟 살쯤 되었음직한 어린 사내아이의 시신이 걸렸던 것이다. 격전 중이었지만, 소량은 조금도 움직일 수 없었다.

사내아이의 시신만 있는 것이 아니었다.

그 옆으로 네댓 구의 시신이 더 있는데, 다섯 살쯤 되어 보이는 계집아이와 그보다 더 어린 갓난아기가 섞여 있다.

"이, 이건……."

소량의 눈에 눈물이 핑 돌았다. 시신에 난 상처를 보니 한 번에 죽인 것도 아니었다. 피를 너무 많이 쏟아 죽은 아이도 있었고, 고통이 심한 요혈만 찔린 아이도 있었다.

마인들은 남궁세가의 무인들을 자극할 요량으로 제때에 피하지 못한 아이들을 잔인하게 죽였던 것이다.

소량이 느릿하게 무릎을 꿇었다. 무섭고 아파서 엉엉 울다 죽어버린 사내아이의 시신은 아직도 눈을 뜨고 있었다.

소량은 떨리는 손으로 아이의 눈을 감겨주었다.

마인들이 재차 고함을 질렀다.

"네놈은 누구냐고 묻지 않더냐!"

"너희가 이리했더냐?"

소량이 눈물이 가득 고인 눈으로 마인들을 노려보았다.

소량의 눈에 시퍼런 불길이 피어 있는 것을 본 마인들이 일순간 대답하지 못하고 헛숨을 들이켰다.

"너희가 이리했냐고 물었다."

천천히 자리에서 일어난 소량이 고개를 숙였다. 어찌나 힘을 주었는지 손이 새하얗게 질려 있었다.

소량의 손에 들린 철검이 떨리며 검명을 토해냈다.

우우웅―

"편히 죽고 싶은 자는 차라리 자결해라."

소량이 고개를 숙인 채로 느릿하게 속삭였다.

바람도 불지 않는데 소량의 옷깃이 부풀어 오르는가 싶더니 바닥의 먼지가 원을 그리며 밀려났다.

"계속 숨 쉬는 자가 있다면……."

소량이 천천히 고개를 들었다. 붉어진 눈시울에서 이상하리만치 잔혹한 살기가 피어올랐다.

"형체도 알아볼 수 없게 만들어주마."

"그게 무슨 개소리냐!"

서걱!

고함을 지르며 소량에게 달려들던 마인의 목이 허공으로 튀었다. 마인들은 물론 그들과 싸우던 남궁세가의 무인들도 일순간 행동을 멈추었다.

그와 동시에 소량이 마인들 틈으로 뛰어들었다.

"크아악!"

마인들 틈에서 비명이 울려 퍼졌다.

'도, 도대체 저 고수는 누구란 말인가?'

남궁세가의 무인들은 하나같이 같은 생각을 떠올렸다.

처참한 몰골과 젊어 보이는 외견과 달리, 명문의 일대제자보다도 더한 무위를 지닌 고수였다.

눈물이 고인 얼굴로 사내아이의 시체의 눈을 감겨주는 모습은 보는 이의 가슴마저 뜨거워지게 했다.

남궁세가의 창천대주가 버럭 고함을 질렀다.

"가솔의 죽음 앞에서 창천대는 무엇을 하느냐!"

"비연대! 죽음을 맞더라도 뒤로 물러서지 마라!"

남궁세가의 무인들이 기세를 올리며 신형을 날렸다.

2

남궁세가의 대장로, 남궁양(南宮梁)은 지친 얼굴로 주위를 둘러보았다. 남궁세가의 저력이 아직 쇠하지 않았는지 대부분의 장로들은 무사했다. 물론 낭패한 몰골들이었지만 말이다.

'이곳이 뚫리는 순간 내당으로 피신한 가솔들은 모조리 죽

는다. 아니, 내당이 뚫리면 이미 멸문지화나 다름없지. 허허, 하늘이 남궁세가를 버리는가.'

내당의 모든 장로들과 고수들은 남궁양과 같은 생각을 하고 있었다. 내당에는 무학을 모르는 사람들이 있을뿐더러 비급이 모인 석거각(石渠閣)이 있다. 직계가 사는 창천검전이 있고 역대 조사의 위패가 모셔진 조사전(祖師殿)이 있다.

그곳이 파괴되는 것은 곧 멸문지화를 입는 것과 같다.

'이미 안쪽으로도 마인들이 파고든 듯한데……'

남궁양이 내당 쪽을 흘끔 돌아보았다.

은거해 있던 고수라도 나타났는지 다행히 아직 내당 안쪽은 무사했다. 여전히 벽력탄이 터지고 있었지만, 놀랍게도 그것은 허공에서만 폭발할 뿐 건물을 파괴하진 못했다.

"남궁세가의 저력은 과연 놀랍구려."

내당 쪽 담벼락에 서 있던 혈살금마 윤소천이 중얼거렸다.

남궁양의 시선이 윤소천에게로 향했다. 남궁양과 합격하여 윤소천을 상대하던 진운혜가 가볍게 옷깃을 떨치며 외쳤다.

"저는 오히려 혈마곡의 재주가 놀랍군요. 검기상인의 경지에 오른 마인이 스물두 명에 이르고, 검기성강(劍氣成罡)에 이른 마인이 열셋이나 될 줄이야."

남궁세가에 대한 복수로 미쳐 있었던 윤소천은 검기성강

에 이른 고수만큼은 소량에게 보내지 않았다. 오로지 남궁세가의 장로들을 죽이는 데에만 소용하고자 했던 것이다.

그렇게 모은 마인들 중 일곱 명의 마인은 남궁세가의 대장로인 남궁양보다도 강했다. 검환(劍環)의 경지에 이르지 않은 것이 이상하게 느껴질 정도로 고강한 마인도 있었다.

윤소천이 살기 어린 미소를 지으며 말했다.

"그럼 뭐하오? 아직도 귀가의 장로들이 팔팔하게 살아 있는데. 예상보다 시간이 걸리겠구려."

"으음."

진운혜의 얼굴이 구겨졌다. 지금은 어찌어찌 견뎌내고 있었지만, 시간이 조금만 더 지난다면 모두 목숨을 잃게 되리라. 장부께서 자리를 비운 것이 이처럼 아쉬울 수가 없었다.

'엄마······.'

어머니가 무사할지 걱정이 된 진운혜가 아랫입술을 짓씹었다. 칠 년 만에 찾아온 어머니를 싸움터로 몰아넣은 것 같아 죄스럽기 짝이 없었다.

하지만 어머니께서 무사하시다면 이 상황을 반전시킬 수 있으리라. 어머니와 함께 장부께서 올 때까지 버틴다면 멸문지화를 피할 수도 있는 것이다.

'지금은 혈마가 나타나지 않기를 바라는 수밖에 없구나.'

진운혜는 다른 장로들에게로 시선을 돌렸다.

장로들과 일대제자들이 마인들을 대적하여 생사투를 벌이는 모습이 보였다. 대창궁무애검진(大蒼穹无涯劍陣)을 펼치고 있었지만 그들은 점점 뒤쪽으로 후퇴하고 있었다.

'외당의 도움이 있다면 좋겠지만…….'

외당은 이미 각자의 싸움으로 바쁠 터였다.

아니, 어쩌면 내당보다 외당이 더욱 불리할 수도 있다. 내당에 침입한 마인은 고수일지언정 소수에 불과했지만, 외당은 수많은 마인들로 들끓고 있을 것이 분명하다.

"으음."

그때, 진운혜는 외당에서 아무런 소리도 들리지 않는다는 것을 깨달았다. 조금 전까지만 해도 쇠가 부딪치는 소리와 함께 단말마의 비명이 들려왔었는데 지금은 너무 고요했다.

'설마 하니 외당이 전멸을 당했단 말인가?'

쿠우웅―!

진운혜가 그렇게 생각할 즈음, 갑자기 내당의 문이 부서지더니 마인 한 명이 튕겨 나왔다. 전장 한가운데 떨어진 마인은 이미 절명한 후인지 꼼짝도 하지 않았다.

곧이어 처참한 몰골의 젊은 무인이 뚜벅뚜벅 걸어 들어왔다. 무인은 장내를 물끄러미 보고는 이를 질끈 깨물었다.

그 뒤로 거대한 탄성이 터져 나왔다.

"와아아! 아직 끝나지 않았다!"

"내당의 마인들을 섬멸하라!"

진운혜의 표정이 확 밝아졌다. 외당은 전멸하기는커녕 압도적인 열세를 극복하고 오히려 내당을 도우러 온 것이다.

사실 그것은 전적으로 소량의 덕이었다.

소량의 행동에는 보는 이의 가슴을 뜨거워지게 하는 데가 있었다. 남궁세가의 무인들은 사기가 치솟는 것을 느끼며 소량의 뒤를 쫓아 마인들에게로 달려들었다.

또한 소량은 외당의 무인들이 감당하기 어려운 고수들의 목숨부터 먼저 취했다. 그 이하의 고수들은 남궁세가의 무인들이 검진(劍陣)을 펼쳐 상대해 나갔다.

단 한 명의 무인이 전세를 완전히 뒤바꾸어 놓은 것이다.

'할머니, 할머니는 어디에 계시지?'

내당에 들어선 소량이 차가운 눈으로 주위를 둘러보았다. 아직도 할머니의 모습은 보이지 않았다.

하지만 할머니의 기세만큼은 느낄 수 있었다. 소량은 할머니의 기운이 느껴지는 쪽으로 신형을 날렸다.

"네놈은 누구냐!"

어느 마인 하나가 달려가는 소량을 막아서며 외쳤다.

소량은 대답 대신 검을 구불구불하게 앞으로 펼쳐 나갔다. 나름대로 태룡도법을 흉내내어 보는 것이었는데, 기파가 뻗어져 나오기는커녕 오히려 살기만 폭주했다.

그것은 더 이상 태룡도법도, 오행검도 아니었다. 오히려 얼마 전에 싸웠던 잔혈마도의 사사도법을 닮아 있었다.

콰아앙—!

굉음과 함께 소량이 다섯 걸음이나 뒤로 물러났다. 소량보다 하수가 대부분이었던 외당과 달리, 내당의 마인들은 적어도 금륜사왕 급의 무위를 갖추고 있었던 것이다.

"쿨럭, 쿨럭!"

소량이 거세게 기침을 토해냈다. 내상이 없었던 때라면 모르겠으나, 극심한 내상을 입은 지금으로서는 금륜사왕 급의 마인을 상대할 수가 없었다.

사실 소량이 움직이는 것 자체가 기적이라고 봐도 과언이 아니었다. 소량은 내상과 외상에서 끔찍한 통증이 일어나는 것을 느끼고는 신음을 토해냈다.

하지만 소량은 물러서지 않았다. 여덟 살 사내아이의 시신을 본 후로 일어난 살기가 아직도 사라지지 않았던 것이다.

'잔혈마도라고 했던가? 살기에 충천한 도법······.'

소량은 며칠 전 사사도법의 절초 중 두 개를 본 적이 있다. 신독사형(神毒蛇形)과 사사만리(邪蛇萬里)의 초식이었다.

도천존이 직접 진체를 보여준 태룡도법만은 못하겠지만, 소량은 사사도법을 흉내낼 수 있을 것 같다고 생각했다.

스으윽—

살기를 풀지 못하면 가슴이 터질 것 같았던 소량이 검을 뱀처럼 휘둘렀다. 살기를 싣기에 딱 맞는 도법이었다.

"놈!"

뱀이 기어가듯 나아가던 소량의 검이 갑자기 방향을 바꾸어 앞으로 쏘아졌다. 예상치 못한 곳에서 검기가 날아오자 마인이 눈을 부릅떴다.

"잔혈마도의 사사도법? 네놈 역시 마인이냐?"

소량은 대답 대신 신독사형의 초식을 펼쳤다. 수십 개의 허초로 적을 유인한 후, 두세 개의 진초로 단숨에 목숨을 취한다. 잔혈마도가 펼치는 것만은 못했지만 태허일기공의 묘리가 섞이니 제법 흉흉한 초식이 완성되었다.

"재주가 제법이로구나! 나는 혈수서생(血手書生) 능기영(陵祇迎)이라 한다. 네놈은 도대체 누구냐?"

문제는 그것을 펼칠 때마다 소량의 기맥이 요동친다는 점이었다. 마치 주화입마에 빠져들었을 때처럼 말이다.

"쿨럭, 커흐음!"

살기를 풀어내고 있는데도 불구하고 갑갑증은 점점 심해져만 갔다. 그렇지 않아도 붉었던 소량의 눈이 더더욱 붉게 변해갔다. 할머니의 목소리가 귓가에 울린 것은 바로 그때였다.

"살기를 조절하는 것이라면 모르겠으나, 살기에 휩싸이면 마인(魔人)이 될 수밖에 없는 겨! 사람을 구하기 위해 익힌 무공으로 사람을 죽이고 싶으냐?"

소량은 머리를 한 대 호되게 얻어맞은 느낌을 받았다.
본래 무학을 펼칠 때에는 뜨거운 가슴과 차가운 머리를 지녀야 하는 법이다. 자신이 살기를 조절해야 하지, 살기가 자신을 조절하게 두어서는 아니 되는 것이다.
"후우—"
소량은 그제야 자신이 천지간의 소리를 듣지 않고 있었다는 것을 깨달았다. 소량은 부지불식간에 태허일기공의 법문을 중얼거리며 천지간의 소리에 호흡을 맞추었다.
'호흡이 마음에서 나온다는 것을 안다면 깨달음도 마음에서 나온다는 것을 알게 되리라. 그렇게 세상과 함께 호흡을 나눈다면 천지의 이치를 모두 얻으리라.'
마침내 소량의 눈빛에 정기(正氣)가 돌아왔다.
소량은 자신의 주화입마가 끝난 것이 며칠 전이 아닌 지금 이 순간이라는 것을 깨달았다. 머리로 올라온 심화가 초조함과 분노를 배로 불려놓았다는 것도 이제야 알 수 있었다.
'어쩌면 강호란 그런 것일지도 모르겠다.'
은과 원을 쌓고, 심마를 얻고 해소하며, 죽음을 주고 또 받는 것. 어쩌면 그것이야말로 무림일지도 몰랐다.

그때, 누군가 소량을 바라보며 탄성을 내질렀다.

"검신 진소월의 일선공? 잔혈마도가 실패한 것이로구나!"

탄성과 함께 누군가 소량을 공격했다. 혈수서생을 피해 구궁보를 밟던 소량이 나려타곤을 펼쳐 바닥을 나뒹굴었다.

콰아앙!

굉음과 함께 소량이 있던 자리의 땅이 움푹 파였다.

그 자리에는 혈살금마 윤소천이 나타나 있었다.

"네가 누구인지 알 것도 같다. 너는 천애검협이라는 별명을 얻은 진소량이 아니냐?"

소량은 대답 대신 철검을 곧게 뻗어 윤소천을 겨누었다. 내상이 쌓이고 쌓여 운기조차도 어려운 까닭에 소량의 팔이 부르르 떨려왔다.

"참으로 다행인 일일세. 남궁세가가 멸문한 후에 찾아오지 않고 지금 찾아와 주었으니 말이야."

윤소천이 그렇게 중얼거리며 쌍장을 뻗어내었다. 소량으로서는 도저히 감당할 수 없는 무서운 무위였다.

소량은 문득 도천존을 떠올렸다.

도천존이 태룡치우를 펼쳤을 때, 자신은 그것을 막아내지 못하고 겨우 요혈만 피해내지 않았던가!

지금도 그때와 마찬가지로 요혈을 피하는 수밖에 없었다.

"크허억!"

소량이 비명을 토해내며 뒤로 물러났다.

심장으로 쏟아지는 공격을 피해내는 대신 소량의 어깨로 윤소천의 쌍장이 파고들었던 것이다. 어깨로 파고든 기운은 순식간에 소량의 기혈을 파괴해 갔다.

'도천존만은 못하겠지만 괴, 굉장한 고수다!'

윤소천이 재차 공격하자 소량의 안색이 창백하게 질렸다.

퍼퍼퍽!

피한다고 피해보았지만, 두 번이나 장에 얻어맞고 말았다. 얻어맞은 부위가 시큰거리며 저려왔다. 소량은 윤소천과 자신의 무위에 하늘과 땅만큼의 차이가 있음을 알고 경악했다.

윤소천도 놀라기는 마찬가지였다.

'놈! 나의 장을 세 번이나 견뎌내?'

검신 진소월의 일선공이 도대체 무엇이기에 갓 약관을 넘은 듯한 청년이 혈살금기(血殺金氣)를 막아낸단 말인가!

윤소천이 이를 뿌드득 갈았다.

"쿨럭, 쿨럭!"

소량이 연신 기침을 토해내며 물러나자 윤소천이 계속해서 따라붙었다. 그의 장이 허공에서 두어 번 뒤집히는가 싶더니 이내 소량의 단전을 노리고 달려들었다.

쌍장이 태산마냥 거대해 보였다.

'영화야, 승조야, 태승아, 유선아.'

죽음을 직감한 소량이 눈을 질끈 감을 때였다.

"이 빌어먹을 년!"

윤소천이 욕설을 내뱉으며 껑충 뛰어 뒤로 물러났다. 어느 중년 미부인이 윤소천의 목을 노리고 일검을 찔러온 것이다.

다시금 눈을 뜬 소량의 표정이 멍하게 변해갔다. 미부인의 검에 실린 공력은 소량이 너무나도 잘 알고 있는 것이었다.

"어떻게 태허일기공을……?"

"소협은 어찌하여 태허일기공을 알고 있지요?"

소량을 보호하듯 선 중년 미부인, 진운혜가 차가운 표정을 지으며 말했다. 태허일기공은 비인부전이며 문외불출이라 절대로 외인이 익혀서는 아니 되는 무공인 것이다.

하지만 이상하게도 소량의 눈과 마주치자 독기가 사라지고 만다. 왠지 모르게 소량의 시선이 낯익게 느껴졌다.

진운혜의 고운 봉목이 한차례 꿈틀거렸다.

'혹시 어머니가 말한 꿈속의 아이가……?'

진운혜는 소량에게서 시선을 떼고는 윤소천을 노려보았다. 자세한 상황은 살아남은 후에 알아봐야 할 것 같다.

"소협은 운기하여 내상부터 수습하도록 하세요."

소량은 대꾸조차도 못하고 멍하니 그녀를 바라보기만 했다. 그녀의 얼굴이 할머니를 꼭 닮은 것이다.

한편 진운혜의 공격을 피해 물러난 윤소천은 남궁세가의 대장로 남궁양과 맞서 싸우고 있었다.

어지러이 쌍장을 흔들어 남궁양의 허리를 후려친 윤소천이 독기 어린 얼굴로 신형을 띄워 소량에게로 달려들었다.

'대부인 진운혜와 대장로 남궁양, 천애검협 진소량 중에 가장 약한 것이 천애검협이다. 그의 목숨부터 취해야 하느니!'

윤소천의 쌍장에 섬뜩한 황색 기운이 어렸다. 진운혜가 막으려 들었지만, 윤소천은 대수롭지 않게 그녀의 공격을 피하고는 소량에게 금기를 쏟아부었다.

파파팡!

자리에서 일어난 소량이 정신없이 뒤로 물러나자, 발치 앞 땅이 마치 밭을 간 것처럼 뒤집혔다. 뒷걸음질 치는 소량을 따라 계속해서 땅이 파이는데, 금세 따라잡힐 것만 같았다.

진운혜가 윤소천의 후방을 공격하며 외쳤다.

"좌측으로 발을 틀어 이 보!"

소량은 부지불식간에 그녀의 말을 따라 움직였다.

아랫입술을 질끈 깨문 진운혜가 재차 주문했다.

"운검건취(運劍乾脆)! 검을 상단으로 가볍게!"

오행검을 펼치려던 소량이 주춤했다. 진운혜의 말을 따라야 할지, 아니면 오행검을 펼쳐야 할지 가늠할 수가 없었던 것이다. 잠시 고민하던 소량이 진운혜의 말을 쫓아 움직였다.

터엉—!

소량이 가볍게 검을 떨치자 윤소천의 장이 튕겨났다.

"으으음."

금기가 파고드는 것을 느낀 소량이 철검을 회전시켜 그것을 해소했다. 그사이 또다시 윤소천이 공격해 들어왔다.

"우측으로 삼 보!"

진운혜가 거듭 윤소천을 쫓으며 외쳤다.

"중정원만(中正圓滿)! 왼발을 축으로 회전하세요!"

소량은 이번에도 진운혜가 말하는 대로 움직였다.

그 뒤로도 진운혜는 계속해서 소량에게 해야 할 바와 방향을 일러주었다. 윤소천의 공격이 점점 매서워졌지만, 소량은 무려 사 초식이나 그것을 피해낼 수 있었다.

"흥!"

윤소천이 콧방귀를 뀌며 소량의 단전을 후려치려 하자, 진운혜가 다급한 어조로 고함을 질렀다.

"박실무화(樸實無華)! 최대한 간결하게 검을 직선으로!"

"하하하!"

소량의 검이 곧게 찔러오자 윤소천이 광소를 터뜨렸다.

곧 윤소천이 소량의 철검을 밟고 높이 뛰어올랐다. 검기를 발로 밟았는데도 윤소천의 발에는 생채기 하나 없었다.

콰앙!

허공에서 몸을 뒤집은 윤소천의 장과 진운혜의 검이 마주치며 굉음이 울려 퍼졌다.

진운혜는 눈을 반개하며 마치 태극검처럼 끝없이 원을 그렸다. 다름 아닌 창궁무애검(蒼穹无涯劍)의 초식이었다.

"아아!"

심안이라 했던가! 진운혜의 보법과 검로에서 무언가를 깨달은 소량이 감탄을 토해냈다.

'경이 침착하게 흐르는구나[輕靈沈着].'

사실 진운혜가 읊조린 것은 창궁무애검 중 창궁대연(蒼穹大衍)의 초식을 설명하는 구결이었다. 진운혜는 다급한 마음에 소량이 외인이라는 것도 잊고 창궁무애검의 한 초식을 전수하고 만 것이다. 소량에게는 기연이라 할 만한 일이었다.

"아, 안 돼!"

무심결에 가만히 서서 감탄만 터뜨리고 있던 소량이 대경하여 윤소천에게 달려들었다. 진운혜가 당장에라도 목숨을 잃을 것만 같았기 때문이었다.

"놈!"

윤소천이 싸늘하게 웃으며 소량에게 일장을 휘둘렀다. 소량이 장을 피해내며 화검세를 취하자 윤소천은 손등으로 소량의 검날을 쳐버렸다.

소량의 검이 순식간에 기세를 잃었다.

구궁보를 밟아 물러나려 했으나 윤소천은 끈질기기 짝이 없었다. 소량의 반격을 두어 번 더 튕겨낸 윤소천이 일장을 곧게 뻗어 소량의 단전을 후려쳤다.

터엉―!

"쿨럭, 쿨럭!"

전신이 마비되는 것을 느낀 소량이 무릎을 털썩 꿇었다.

단전으로 파고든 금기는 금세 전신으로 퍼져 나갔다.

그렇지 않아도 극심한 내상을 입은 상태에 금기까지 파고들었으니 어떻겠는가!

소량은 말 그대로 죽음에 직면하게 되었다.

"너는 아느냐?"

소량의 목숨을 움켜쥔 윤소천이 광기 어린 눈으로 입을 열었다. 윤소천의 뒤에는 크게 손해를 입은 진운혜가 기침을 쿨럭거리고 있었다.

"바로 오늘! 너도, 진무신모도, 이 개같은 남궁세가도 사라진다. 저년도 곧 사지가 찢겨 죽게 될 게야. 네 동생들은 어떨 것 같으냐? 혈마곡이 네 동생들은 살려줄 것 같으냐?"

"동생들… 동생들을 건드리면……!"

죽어가면서도 소량은 투기를 끌어올렸다.

윤소천이 광소를 터뜨리며 몸을 돌렸다.

재회(再會) 121

"하하하! 내 친히 저년의 사지를 찢는 것을 보여주마! 저년이 죽고 나면 천애검협, 네 차례이니라!"

윤소천은 꼼짝할 수 없게 된 소량을 인질로 삼기로 결정했다. 만약 진운혜가 소량을 아낀다면 그녀는 앞으로 쉬이 공격하지 못할 터였다.

남궁세가의 대장로인 남궁양은 허리춤에 일장을 얻어맞아 다 죽어가고 있었으니 신경 쓰지 않아도 괜찮으리라.

"남궁세가여, 너희는 이제 곧 대부인을 잃게 되리라!"

윤소천은 남궁세가에 대한 뿌리 깊은 원한을 떠올렸다.

"혈마께서 찾아오시거든 진무신모가 목숨을 잃을 것이고! 뒤이어 남궁세가가 풀 한 포기 남김없이……!"

"혈마는 오지 않는다."

윤소천의 걸음이 우뚝 멈춰 섰다. 본인의 의지가 아닌 타인의 기파에 사로잡혀 움직일 수가 없게 된 것이다.

윤소천이 힘겹게 목을 돌려 우측을 바라보았다. 진무신모 유월향이 서서 무심한 눈으로 윤소천을 바라보고 있었다.

"벼, 벌써 백혈의 포박을 벗어났단 말인가?"

"혈마는 오지 않아."

유월향이 같은 말을 중얼거리고는 눈을 지그시 감았다. 윤소천은 그 말을 믿을 수 없다는 듯 고함을 질렀다.

"거짓말하지 마라, 진무신모! 그럴 리가 없다! 백혈을 보내

어놓고 그럴 리가 없어!'

 백혈은 윤소천보다도 훨씬 윗줄의 고수들이 모인 곳이었다. 그들을 이렇게 허무하게 소용할 리가 없었다.

 "혈마는 아직도 나를 무서워하고 있는 모양이로구나. 두 번이나 나를 시험할 줄은 나 역시 몰랐다."

 혈마는 수마의 성격을 잘 알고 있었다. 오십여 년 전에 형편없이 패퇴해 놓고도 수마는 진무신모와 대등한 일전을 벌였다고 착각을 하고 있었다.

 혈마는 진무신모를 데려오라는 명을 내리면 수마가 그녀를 죽이려 시도해 볼 것이 분명하다 판단했고, 예상대로 되었다.

 남궁세가에 진무신모가 있는 것을 알면서도 계획대로 실행하라 명령을 내린 것도 마찬가지였다. 혈마는 백혈로써 진무신모의 무위를 파악해 보고자 했다.

 "거짓말이다. 그럴 리가 없어. 거짓말이야."

 윤소천이 믿을 수 없다는 듯 멍한 표정으로 중얼거렸다.

 유월향은 윤소천의 말에 대답하는 대신 어두운 얼굴로 주위를 둘러보며 한숨을 내쉬었다.

 남궁세가의 장로들을 제외한 모든 마인들이 제자리에서 무릎을 꿇은 채 피를 토해내고 있었다. 유월향은 내력을 뿜어내어 장내의 모든 마인을 포박하였던 것이다.

그야말로 무신이라 말해도 부족할 정도의 무위였다.

'너무 많은 피해가 있었구나.'

유월향이 눈을 질끈 감았다. 내당에 널브러진 시신의 숫자가 결코 적지 않다. 보지는 않았지만 외당은 아예 말할 것도 없으리라. 유월향은 자신이 너무 늦었다며 한탄했다.

하지만 그녀는 결코 늦은 것이 아니었다.

벽력탄이 무려 백여 개가 넘게 날아왔는데 그만한 시간이 걸리지 않을 도리가 있겠는가!

내력으로 벽력탄을 사로잡으면 백혈의 무인들이 덤벼들었고, 백혈의 무인들을 제압하면 벽력탄이 날아들었다.

결국에는 모두 목숨을 잃었지만, 백혈은 약속대로 다섯 시진 가까이 진무신모를 잡아두는 데 성공했다.

잠시 무언가를 고민하던 유월향이 윤소천에게로 시선을 돌렸다. 윤소천을 물끄러미 바라보던 유월향이 중얼거렸다.

"내가 아니면 누가 지옥에 가겠는가?"

유월향이 눈을 질끈 감았다.

"…가거라."

유월향이 가볍게 손을 떨치자 장내의 마인들이 비명을 토해내기 시작했다. 제자리에서 가슴을 쥐어뜯으며 괴로워하던 마인들이 하나둘씩 피를 뿜어내며 절명했다.

핏발 선 눈으로 유월향의 기운에 대항해 보았지만, 윤소천

역시 죽음을 피할 수는 없었다.

유월향이 백혈의 무인들을 제압했던 내력을 윤소천에게로 쏟아붓자, 윤소천이 마침내 피를 토했다.

"혈마여! 쿨럭, 쿨럭! 혈마여!"

윤소천이 원한에 가득 찬 눈으로 허공을 바라보며 부르짖었다. 그것이 곧 윤소천의 유언이 되었다.

윤소천은 바닥에 쓰러져 버둥거리다가 이내 잠잠해졌다.

"후우—"

유월향이 가볍게 한숨을 내쉬었다. 아무리 그녀라고 해도 내당에 즐비한 마인들을 내력으로 제압하는 것이 쉬울 리가 없었다. 하물며 백혈과 일전을 벌인 직후이니 말할 것도 없다.

유월향은 피로를 느끼며 진운혜를 돌아보았다. 진운혜가 무사한 것을 확인하자 유월향의 얼굴에 미소가 어렸다.

"얘야, 괜찮으……."

"할머니."

유월향의 얼굴에서 미소가 사라졌다.

진운혜의 앞에 어느 젊은 청년이 무릎을 꿇고 힘겹게 목을 가누며 앉아 있었던 것이다.

"큰놈이 왔어요."

청년, 소량은 희미한 얼굴로 미소를 지었다. 그간의 일이 소량의 머릿속을 스치고 지나갔다.

사망객 곽서문와 생사투를 벌였다가 겨우 목숨을 건졌고, 할머니의 흔적을 찾으려다 태행마도 곽주와 일전을 치렀다.

도천존의 삼 초식을 받아내다 죽을 뻔했었고, 소호촌에서는 암습을 받아 내상과 함께 주화입마에 들었다. 남궁세가에 와서는 금기를 가진 마인의 손에 목숨을 잃을 뻔했다.

그렇게 반년을 달려 마침내 할머니를 만났다.

소량은 생명의 빛이 꺼져가는 것도 모르고 웃었다.

"보고 싶었어요, 할머니."

소량이 미소를 지으며 유월향을 바라보았다.

"정말로, 정말로 보고 싶었어요."

너무도 환하고 밝은 미소에 유월향의 가슴이 철렁 내려앉았다. 분명히 알지 못하는 얼굴인데, 처음 보는 미소인데 다리가 풀려 하마터면 주저앉을 뻔했다.

유월향은 본능적으로 허리춤에 매달린 노리개를 쥐었다.

반으로 부서진 노리개.

누가 선물해 준 것인지 모르겠으나 너무 소중해서 한시도 떼어놓을 수 없는 것이었다.

노리개를 쥐었는데도 그리움이 가득 밀려들었다.

"너, 너는 누구냐? 나를 아느냐?"

유월향이 눈물을 애써 참으며 중얼거렸다.

소량이 믿을 수 없다는 듯 고개를 들었다.

"그게 무슨 말씀이세요, 할머니?"

멍하니 유월향을 바라보던 소량의 눈이 점점 커졌다. 유월향의 눈은 정말로 소량을 모른다는 듯 흔들리고 있었다.

"나는 너를 몰러, 참말로 나를 아는 겨?"

유월향이 울먹이는 목소리로 말했다. 그녀는 자신이 정음을 말하는지, 광동 사투리로 말하는지도 알지 못했다.

"저 소량이잖아요……."

소량이 자리에서 일어나려다 말고 주저앉았다. 내상이 워낙에 극심하여 아예 일어설 수조차 없었던 것이다.

유월향은 소량에게 다가가지 못하고 눈물을 흘렸다.

"진소량, 진소량이라는 이름을 모르세요? 진영화, 진승조, 진태승, 우리 막내 유선이. 전부 할머니 손자들이잖아요… 기억 안 나세요?"

"어떻게 혀, 나는 몰러. 기억이 안 나야."

"두부보리죽을 해주신 것은 기억나세요? 영화가 잉어를 태워먹은 것도, 태승이 동시를 보러 다녀오는 길에 사드린 당혜도… 정말로 기억 안 나세요?"

생사의 고비를 몇 번이나 넘겨가며 겨우 할머니를 찾았는데, 정작 할머니는 자신을 기억하지 못한다니.

억울하고 답답해서 미쳐 버릴 것 같았다. 따질 힘만 있다면 왜 기억하지 못하느냐고, 기억해야 되는 것 아니냐고, 우리를 잊으면 안 되지 않느냐고 따져 묻고 싶었다.

'혹시 무학을 보시면 기억하실지도 몰라.'

소량이 어떻게든 일어나려고 버둥대다 힘없이 무너졌다. 다시 시도해 보았지만 또다시 넘어지고 만다. 소량이 흙 알갱이가 얼굴에 묻어나는 것을 느끼며 양팔로 땅을 짚었다.

'무학을 보시면 틀림없이 기억하실 거야.'

소량이 팔에 힘을 주며 힘겹게 몸을 일으켰다.

저 청년에게는 도대체 무슨 사연이 있기에 저런 만신창이 몰골로 거듭 일어나려 하는가! 사연을 모르면서도 장내의 사람들은 왠지 모르게 가슴이 타들어가는 기분을 느꼈다.

마침내 소량이 자리에서 일어나는 데 성공했다.

"태허일기공의 삼단공에 올랐는데… 쿨럭!"

소량은 검에 태허일기공의 기운을 불어넣으려 애썼다. 하지만 금기 때문인지 태허일기공의 공력이 움직이지 않았다. 자리에서 일어난 것이 회광반조가 아닌가 싶을 정도였다.

유월향이 휘청거리며 소량에게로 다가갔다.

"움직이지 말어, 움직이면 안 되야."

쓰러지지 않으려고 버둥대던 소량이 털썩 쓰러지고 말았다. 유월향의 신형이 사라지더니 소량을 받치며 나타났다.

유월향은 얼른 소량의 명문혈로 손을 가져갔다.

'몸이 만신창이나 다름없구나.'

기경팔맥이 말라붙은 데다 잔뜩 뒤틀려 있다. 경맥이 끊어지지 않은 것이 신기할 지경이었다.

유월향은 지금 소량이 움직인 것이 진원지기까지 일부 소용했기에 가능한 기적이라는 것을 깨달았다.

이제 소량은 죽어가고 있었다.

"도대체 누가 이 아이를……."

우우웅―!

유월향에게서 가벼운 바람이 불었다.

하지만 그 안에 실린 기세는 결코 가벼운 것이 아니었다. 분노와 안타까움, 짙은 슬픔이 뒤섞인 기이한 기세였다.

장내의 사람들이 두어 걸음 물러나는 것과 동시에, 바닥에 버려진 주인 없는 병장기가 쇳소리를 내며 뒤로 밀려났다.

유월향은 소량의 명문혈에 태허일기공을 가득 불어넣었다.

"쿨럭, 쿨럭!"

일어나려고 버둥거리던 소량이 몸을 축 늘어뜨렸다.

문득 옛 추억 한 자락이 떠올랐다.

어린 시절, 돌림병을 한 번 크게 앓은 적이 있었다. 동생들은 건강한데 이상하게 소량만 걸려서 지독하게 앓았다.

내력으로 치유할 수 있는 상흔이 아니라 말 그대로 중병인고로, 할머니조차도 소량을 치유할 수 없었다. 할머니는 소량을 등에 업고 용하다는 의원을 찾아 달음박질쳤다.

그때의 기억이 났다. 무섭고 아팠지만 할머니의 따듯한 등 때문에 참을 수 있었다. 할머니가 곁에 있다는 안도감, 그녀가 계속 아프게 두지 않을 것이라는 믿음.

하지만 이제는 무용한 일이다.

할머니는 자신을 기억하지 못하는 것이다.

"흑, 흐흑."

어지간하면 눈물을 흘리지 않던 소량이었다.

동생들에게 할머니의 실종을 전하면서도 아이들이 겁먹을까 두려워 아무렇지 않은 척하던 소량이었다. 그게 맏이의 몫이라서, 그게 큰형의 몫이라서 마음껏 울지도 못했다.

"떠나지 않겠다고 약속했잖아요."

그런 소량이 이제는 아이처럼 훌쩍이고 있었다. 일고여덟 살 먹은 어린아이처럼 엉엉 울며 떼를 쓰고 있었다.

"흐흑, 떠나지 않겠다고 했으면서, 그랬으면서……."

목소리가 작아지는가 싶더니, 이내 사라져 버리고 말았다. 소량은 더 이상 버티지 못하고 혼절하고 만 것이다.

"어, 어서 안으로 데려가야 혀."

유월향이 다급히 진운혜를 바라보며 말했다. 진운혜가 고개를 끄덕이자 유월향이 소량에게로 시선을 돌렸다.

혼절해 버린 상태에서도 소량은 여전히 무어라고 중얼거리고 있었다. 눈물이 고인 얼굴로 계속해서 입술을 달싹인다.
 '할머니, 우리를 잊지 말아요' 라고.

第五章
두부보리죽

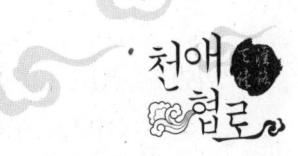

1

 소량은 꿈을 꾸고 있었다. 꿈이라는 것을 이미 알고 있지만 너무나도 행복해서 깨고 싶지 않은 꿈이었다.
 꿈에서는 유선이 비단옷을 입고 있었다. 옷을 너무 크게 지었다고 투덜대면서도, 비단옷을 입은 것 자체가 기쁜지 유선의 입은 큼지막하게 벌어져 있었다.
 반면 영화는 옷감만 만져볼 뿐 입어볼 생각을 하지 못했다. 걱정스런 얼굴로 '너무 비싸다'는 말만 되뇌던 영화는 승조와 태승이 몇 번을 부추겼을 때에야 그것을 입어보았다.

비단옷을 입은 영화의 모습이 눈이 부시도록 아름다워서, 소량은 그녀가 시집가기 전에 무리를 해서라도 몇 벌 더 마련해 주어야겠다고 생각했다.

할머니의 반응도 영화와 비슷했다.

"다 늙은 몸에 비단을 감으면 어떻고, 천 쪼가리를 감으면 어떠냐? 해오려면 영화 것이나 더 해오지, 주책스럽게 내 것까지 해오고 지랄이여, 지랄이!"

할머니는 연신 타박을 했지만 소량은 그녀가 기뻐하고 있다는 것을 알고 있었다. 유선처럼 비단옷이 좋아서 기쁜 것이 아니라, 손자가 사주었다는 것 자체가 기쁜 것일 터였다.

아마 할머니는 바로 다음날부터 비단옷을 걸치고 우리 큰 놈이 사줬다고 자랑하며 무창을 돌아다닐 것이다.

승조와 태승에게만 아무것도 해주지 않는 것은 불공평한 것 같아서, 소량은 귀하다는 서책을 몇 권 구해서 승조와 태승에게 건네주었다.

태승은 신이 나서 서책을 받아 들었지만, 승조는 '학문이나 닦으란 겁니까, 형님' 하며 퉁명스러운 표정을 지었다.

'네가 머리는 좋지 않느냐, 서책을 조금만 더 읽으면 동시도 금방 붙을 것이다'라고 소량이 말했지만 승조는 벌써부터 서책을 팔아 돈을 벌 생각을 하고 있었다.

'그래, 너도 그렇지만 나도 돈을 벌어야지.'

소량은 그렇게 생각했다. 영화를 시집보내고, 승조에게 집이라도 한 채 마련해 주려면 돈을 벌어야 했다. 태승을 서원에 보낼 돈도 필요했고, 유선을 키울 돈도 필요했다.

고아로 동냥질하며 자랐던 다른 동생들과 달리 유선은 어려서 할머니를 만나 비교적 풍족한 유년 시절을 보냈다.

자신과 다른 동생들이 그렇게 못한 것이 억울해서, 소량은 유선만큼은 해달라는 대로 다 해줄 생각이었다.

먹을 것도 마음대로 먹게 해주고, 예쁜 비단옷도 많이 사주고, 비싼 당혜도 사서 신겨주고…….

그러나 그것은 모두 꿈일 뿐이었다.

할머니는 우리를 잊어버리고 말았다.

"할머니."

소량이 눈을 뜨자 낯선 천장이 보였다. 천장에는 푸른 하늘처럼 구름이 양각되어 있었는데, 그 사이로 용이 한 마리 노닐고 있었다. 한눈에 봐도 고급스러운 방이었다.

"으음."

소량은 천천히 몸을 일으켰다. 팔과 다리, 허리춤에 생긴 자상에서 끔찍한 통증이 밀려들었다. 전신에 아프지 않은 곳이 없다고 말해도 과언이 아니었다.

하지만 피와 흙먼지로 더러워진 옷을 찢어 상처를 동여맸던 얼마 전과 달리, 상처에는 약향이 묻어났고 감싼 붕대도 깨끗했다. 내상도 예상보다 적은, 아니, 거의 나은 것 같았다.

'할머니, 할머니는 어디에 계시지?'

소량은 얼른 주위를 둘러보았다.

정말로 할머니가 자신들을 기억하지 못하는 것인지, 정말로 떠나 버린 것인지 다시 한 번 확인해야 했다.

방 안에는 할머니가 아닌 중년 미부인이 앉아 있었다. 그녀는 건너편 탁자에 앉아 복잡한 표정으로 찻잔을 어루만졌다.

"일어나셨군요, 진 소협. 아니, 천애검협이라고 불러 드려야 하나요?"

"어?"

"나는 남궁세가의 사람으로 이름은 운혜라고 해요. 성은 소협과 마찬가지로 진가지요. 장부께서 당금 남궁세가의 가주시니, 대부인이라고 불러도 좋아요."

"구명지은에 감사드립니다, 대부인."

소량이 침상에서 내려와 길게 읍하여 보였다. 처음에는 극통이 밀려들더니, 약간의 시간이 지나자 제법 견딜 만해졌다.

소량은 가볍게 몸을 휘둘러 보고는 감탄을 토해냈다.

"소협은 한 달 동안이나 깨어나지 못했어요. 청령단(淸靈丹)을 두 알이나 소용했는데 말이에요. 의원들은 소협이 지금까지 살아 있었던 것 자체가 기적이라고 하더군요."

대환단(大還丹)이나 태청단(太淸丹)과 같은 기물에 비하자면 모자라다 할 것이나 청령단은 한 알을 취해도 이십여 년을 적공한 것과 같은 효능을 볼 수 있는 영약이었다.

하지만 소량은 청령단의 약효를 조금도 누리지 못했다. 내상이 워낙 심하여 그것을 치유하는 데 약기가 모두 빠져나간 것이다.

정신력으로 버티긴 했지만, 사실 소량은 소호촌에서부터 움직이면 안 되는 상태였다. 내상이 심한 상태에서 주화입마에 걸렸으니 족히 몇 달은 요양해야 했던 것이다.

그런 상태에서 몸을 혹사해 가며 움직였으니 사실 길거리에서 죽음을 맞아도 이상할 것이 없었다.

소량이 살아날 수 있었던 것은 모두 유월향 덕분이었다.

"상처를 치유해 주신 것 역시 감사드립니다."

소량이 재차 읍하자 진운혜가 눈을 지그시 감았다.

"감사는 이쪽에서 해야 할 일입니다. 남궁세가의 외당이 위기에 처했을 때, 소협의 도움으로 벗어날 수 있었다고 들었어요. 진 소협은 가문의 은인인 셈입니다."

실제로 지금 남궁세가는 천애검협을 영웅이라 부르며 칭송하고 있었다. 격전 중에 소량이 구해낸 남궁세가의 무인이 적지 않았거니와, 어린아이의 시신을 보고 분노하는 의기를 보았으니 어찌 칭송치 않을 수 있겠는가!

"과찬이십니다. 한데……."

소량이 주위를 둘러보며 질문했다.

"할머니, 아니, 진무신모께서는 어디에 계십니까?"

진운혜가 눈을 가늘게 뜨며 소량을 바라보았다.

사실 진운혜는 처음 만났을 때부터 소량에게 호감을 느끼고 있었다. 그에게서 느껴진 태허일기공의 기세가 맑고 청아했던 것이다. 태허일기공은 심공이라, 악인이 익히면 흉포한 기세를 내뿜고 선인이 익히면 청아한 기세를 내뿜는다.

또한 그녀는 어머니인 유월향에게서 꿈속의 아이에 대한 이야기를 여러 번 들은 바가 있다. 구체적이지는 못했지만, 소량의 성품을 짐작하는 데에는 무리가 없었다.

'그래도 알아볼 것은 알아봐야겠지.'

진운혜가 눈빛을 빛내며 질문을 던졌다.

"소협은 진무신모와 어떤 관계인가요?"

소량은 대답하지 못하고 잠시 머뭇거렸다. 할머니가 자신들을 기억하지 못하니 어떻게 대답해야 할지 알 수가 없었던 것이다. 하지만 할머니를 부정할 생각은 조금도 없었다.

"제게는 조모님이 되십니다."

"역시……."

진운혜가 눈을 질끈 감더니 길게 한탄을 토해냈다.

이번에는 소량이 질문을 던질 차례였다.

"대부인께서도 태허일기공을 익힌 듯 보였습니다. 대부인께서는 할머니와 어떤 관계이신지요?"

"앞으로는 네게 하대를 해야겠구나."

진운혜가 찻잔을 내려놓으며 말했다.

"그분은 나의 어머니시란다."

잠시 머뭇거리던 소량이 다시 한 번 읍해 보였다.

할머니와 꼭 닮은 그녀의 얼굴을 보았을 때부터 모녀일 것이라고 짐작했던 소량이었다.

"그럼 제게는 고모님이 되시는군요. 예가 늦었습니다. 소질 진소량이 고모님을 뵙습니다."

할머니와의 끈을 놓을 생각이 없는 이상 차라리 뻔뻔스레 나가는 것이 나았다. 그런 소량의 심정을 짐작할 터인데도 진운혜는 별다른 말 없이 소량의 예를 받았다.

잠시 무거운 침묵이 흘렀다.

소량은 고급스러운 방을 돌아보다 말고 위축된 얼굴로 고개를 숙였다. 모산의 허름한 모옥에 비교하면 궁궐이나 다름없는 고급스러운 방이었다.

'어쩌면 할머니는 우리와 함께 사는 것보다 이곳에 사는 게 나을지도 모르겠구나.'

그렇게 생각하니 마음이 절로 무거워졌다. 마치 할머니를 빼앗겨 버린 듯한 기분이었다. 그녀를 잡는 것이 오히려 불효가 될지도 모른다는 생각 때문에 더더욱 그러했다.

그때 침묵을 뚫고 진운혜가 입을 열었다.

"어머니께서는 칠 년 전에 매병에 걸리셨단다."

"예?"

소량이 어리둥절한 표정으로 진운혜를 바라보았다. 할머니와 같은 고강한 무인이 매병에 걸렸다는 것이 믿어지지가 않았다. 하지만 진운혜의 표정은 진지하기만 했다.

"그리고 칠 년 동안 사라진 후 얼마 전에야 돌아오셨지. 처음에는 매병을 모두 치유하신 줄 알았는데 알고 보니 어머니께서는 지난 칠 년의 세월을 기억하지 못하시더구나."

"아아, 그래서!"

소량이 길게 탄식을 토해냈다. 이제야 할머니가 자신을 알아보지 못한 이유를 알게 된 것이다.

기이하게도, 소량은 안도감과 불안감을 동시에 느꼈다. 안도감은 할머니가 자신들을 버리지 않았다는 것 때문이었고, 불안감은 평생 기억하지 못하시면 어쩌나 하는 것이었다.

"해서 네게 지난 칠 년의 일을 묻고 싶다."

"칠 년 동안의 일이라……."

소량이 씁쓸한 미소를 지으며 고개를 숙였다.

칠 년간의 일을 정리하는 것은 그리 어려운 일이 아니었다. 소량에게는 잊을 수 없는 추억이긴 했지만, 사실 밥 짓고 옷 해 입고 텃밭을 일군 평범한 이야기일 뿐인 것이다.

"어떤 이야기라도 좋구나. 말해보아라."

"칠 년 전, 저는 고아였습니다."

"고아라?"

진운혜가 눈빛을 빛냈다. 어머니가 꿈속에서 만난 아이들에 대한 이야기를 꺼낼 때와 똑같은 시작이었다.

"어느 겨울 날, 동생들과 얻어온 식량을 나누고 있는데 할머니께서 나타나셨지요."

소량은 그간의 일을 간추려서 말해 나갔다.

할머니를 만났던 날과 떠나지 않겠다고 약속했던 일. 나무장에 나무를 팔러 갔던 것과 살호장군과 싸웠던 일. 승조와 태승이 동시를 보러 가던 날과 할머니의 생신일.

진운혜는 진지하게 이야기를 들었다. 대체적으로 무심한 표정이었지만, 그녀의 눈시울은 때때로 붉어지곤 했다.

'이 아이의 추억은 나와도 비슷하구나.'

같은 사람 밑에서 같은 가르침을 받고 컸기 때문인지, 소량의 이야기를 들으면 들을수록 동질감이 들었다. 소량이 이야기를 마치자 진운혜가 한숨을 길게 내쉬었다.

"하아—"

진운혜가 한숨을 내쉬자 소량의 심장이 두근두근 뛰었다. 좀 더 이야기를 열심히 할 걸, 하는 후회가 절로 들었다. 혹여 내침을 당하면 어떻게 하나 걱정이 되었던 것이다.

"피, 핏줄이 닿지는 않았으나 저희에게는 친조모님보다도 더한 분이십니다."

소량이 조급한 어조로 말하자 진운혜가 살포시 미소를 지었다. 그녀는 느긋하게 턱을 괴며 입을 열었다.

"아느냐? 너와 어머니는 닮은 데가 있단다."

"예?"

진운혜가 아련한 얼굴로 눈을 지그시 감았다.

"어머니께서도 맏이셨지. 너처럼 동생을 데리고 힘든 세파를 견뎌내셔야 했었고 말이다."

본래 유월향의 고향은 강서행성(江西行省)이었다. 그녀의 아버지가 제법 큰 녹봉을 받는 군인이었던 덕에, 그녀의 어린 시절은 남부러울 것 없는 추억으로 채워져 있었다.

하지만 아버지가 왜구를 섬멸하라는 명을 받고 광동의 해

안 쪽으로 가게 되면서 문제가 생겼다.

아버지는 이삼 년이 지나면 돌아올 것이라며 유월향의 조부모와 어머니를 남겨두고 광동으로 떠났는데, 그다음부터 가세가 급격하게 기울었던 것이다.

유월향의 조부모와 어머니는 세상일을 잘 몰랐고, 때문에 새경을 주던 밭을 어처구니없는 이유로 잃게 되었다.

그다음부터 유월향의 어머니는 남의 밭에 나가 일을 해서 끼니를 때워야 했다.

"옛날에 어머니께서 한탄을 하신 적이 있었단다."

진운혜가 조그맣게 한숨을 내쉬었다.

"언젠가 할머니께서 동생들 밥을 해 먹이라며 어머니를 깨우셨던 모양이야. 어렸던 어머니는 졸음을 참지 못해 짚동가리에 숨어 잠을 청했는데, 그 일로 할머니께 죽도록 혼이 나셨다고 하더구나. 할머니도 어쩔 수 없으셨겠지만, 어머니는 그게 한이 되셨던 모양이야."

진운혜가 옛 기억을 떠올리며 씁쓸하게 웃었다. 유월향은 친모의 기일 때마다 허공을 바라보며 한탄을 하곤 했다.

"나도 졸렸는데. 나도 자게 두지, 나도 자게 두지……."

진운혜가 다기를 기울여 다 식은 차를 따랐다.

"어머니는 나에게도, 언니에게도 끼니 준비를 시킨 적이 없었다. 더 자라고 하시며 어머니께서 직접 챙기셨지."

소량도 알고 있었다. 할머니는 생신 전까지 영화에게 철과를 쥐어주지 않았다. 어지간하면 꼭 본인이 직접 끼니를 준비하곤 했다.

"그래도 어린 동생들을 보면 힘이 나더라고 하시더구나."

유월향에게는 여섯 살 어린 쌍둥이 동생이 있었다. 어머니가 밭일을 나가실 때면 그녀가 동생들의 기저귀를 갈아주고 놀아주고 먹여야 했다.

유월향은 밖에 나가 동무들과 놀고 싶은 마음을 꾹 참으며 동생들을 업고 원자(院子:마당)를 맴돌곤 했다.

그렇게 삼 년이 지나자 아버지 대신 돌림병이 찾아왔다.

돌림병은 할머니를 먼저 데려갔고, 그다음에는 할아버지를, 급기야는 어머니와 쌍둥이 중 막내를 데려갔다.

어린 동생과 둘이 남게 된 유월향은 열심히 일거리를 구해 보았지만 일을 얻지는 못했다. 옆집에서 밥을 얻어먹다가 매를 맞던 날, 유월향은 아버지 찾으러 간다며 광동으로 가는 길에 올랐다.

그때 유월향의 나이가 열한 살이었다.

그 작은 몸으로 원행을 나섰는데 어찌 두렵지 않겠는가!

아버지께서 군인이었던 까닭에 관아의 도움을 받을 수 있었지만 그렇다고 무섭지 않은 것은 아니었다.

실제로 광동으로 가는 길은 험난하기 짝이 없었다. 관아의 도움을 받았는데도 길거리에서 자는 날이 많았고 끼니를 때우지 못해 구걸을 해야 하는 날도 많았다.

그래도 그녀는 동생부터 챙겼다.

하루 중 대부분을 동생을 업고 걸었고, 먹을 것이 생기면 동생부터 먹였다. 무섭고 두려워도 동생의 앞에서는 눈물을 꾹 참고 억지로나마 웃어 보였다. 동생이 잠들면 그녀는 홀로 밤을 지새우며 훌쩍훌쩍 울곤 했다.

그렇게 일 년가량이 지난 후.

그녀는 광동에 도착해 아버지를 만났다.

훗날 그녀의 동생은 그때의 일을 하나도 기억하지 못했다. 동생이 '그냥 누이와 어디를 갔던 것 같아'라고 말했을 때, 유월향은 그제야 '내가 잘하긴 했나 보다'라고 생각했다.

소량이 궁금해하는고로 진운혜는 그 뒤의 일도 간략하게 들려주었다. 남편을 여의고 홀로 자식을 키웠던 유월향의 삶이 허망하게 스쳐 지나갔다.

소량은 눈물이 나려는 것을 애써 참아내었다.

"할머니는……."

할머니의 인생은 어떤 삶이었을까?

처음에는 동생에게, 남편을 여읜 후로는 자식들에게, 급기야는 고아들인 자신들에게 삶을 희생했다.

있는 것 모두를 퍼주고 그렇게 껍데기만 남았으면서도 할머니는 바보처럼 주름을 구겨가며 행복하게 웃었다.

그녀는 정말 행복했을까.

"그분의 인생은 도대체……."

소량이 고개를 떨어뜨렸다.

진운혜가 소량을 위로하듯 미소를 지어 보였다.

'성품이 악한 아이는 아니다. 아니, 협행으로 인해 천애검협이라는 별호까지 얻었으니 자격은 차고 넘치는 셈이지.'

하지만 무림맹주와 군문제일검, 아미파 장문인과 남궁세가의 안주인의 조카가 될지도 모르는 아이다. 아무리 어머니와 인연이 닿았다 한들 함부로 세상에 소개할 수는 없었다.

"네가 섭섭하게 여길지 모르겠으나 이 말은 해야겠구나."

"예?"

겨우 마음을 진정시킨 소량이 의아하게 진운혜를 바라보았다. 진운혜가 씁쓸하게 웃으며 중얼거렸다.

"강호에 나가면 알게 되겠지만, 우리 진가는 보통 가문이 아니란다. 큰 오라버니는 무림맹의 맹주시고, 언니는 비구니로 아미파 장문사태 되신다. 작은 오라버니는 군문제일검으로 도지휘사로 재직 중이시지. 그런 가문의 일원이 된다는 것은 쉬운 일이 아니란다."

유형의 권력은 없지만, 진씨 성을 가진 네 남매만으로도 천하제일가(天下第一家)라는 소리를 듣는 진가였다.

"무, 무림맹주? 아미파 장문인, 군문제일검……."

소량이 몹시 당황한 표정을 지었다. 고작 무창의 목수인 소량으로서는 감당하기 힘든 큰 이름들이었다.

"나는 먼저 사람을 시켜 너와 네 동생들의 주변을 알아볼 생각이다. 네 말이 거짓이 아니라는 것을 확인하고 나면 네 동생들의 인품을 확인해 볼 것이다. 그다음에야 비로소 너와 네 동생들을 가문의 일원으로 받아들일 수 있다."

사실 소량을 받아들인다는 결정 자체가 힘든 것이었다.

만약 어머니가 이 아이를 따스한 시선으로 바라보지 않았더라면, 눈물을 보이지 않았더라면 진운혜는 결코 소량을 받아들이지 않았을 터였다.

"만약 네 동생들의 성품이 마(魔)에 가깝다면 부득이하게 목숨을 취해야 할 수도 있다. 태허일기공은 비인부전이라, 아무에게나 전해지는 것이 아니다."

소량의 표정이 딱딱하게 굳어갔다. 자신에게 하는 말은 상관없지만 동생들의 목숨을 논하는 것만은 참을 수가 없었다.

"걱정하지 마십시오. 모두 착한 아이들입니다."

진운혜가 살포시 미소를 지었다.

"알고 있다. 어머니께서 악한 아이들을 길러냈을 리가 없지. 하나 확인할 것은 해야 한다. 네 동생들을 이곳으로 불러오너라. 만약 네가 동생들을 빼돌린다면……."

"모두 착한 아이들이라 말씀드리지 않았습니까? 동생들을 꼭 이곳으로 데려올 터이니 염려치 마십시오."

진운혜는 씁쓸한 얼굴로 고개를 끄덕였다.

"불안하게 해서 미안하다. 더 이상은 괴롭히지 않으마. 지필묵을 준비해 줄 테니 동생들에게 서신을 쓰려무나."

동생들을 떠올리자 소량의 마음에 한 줄기 불안함이 일어났다. 혈마곡의 마인이 협박했던 말이 떠오른 것이다.

"네 동생들은 어떨 것 같으냐? 혈마곡이 네 동생들은 살려줄 것 같으냐?"

소량의 심장이 철렁 내려앉았다. 소호촌에 있는 자신의 행적까지 알아낸 혈마곡이다. 동생들이 신양상단에 있다는 것을 알아내지 못할 리가 없다.

아니, 어쩌면 이미 늦었을 수도 있다.

"제가 직접 가야겠습니다. 최대한 빨리, 아니, 바로 출발해야겠습니다."

"많이 나았다고는 하지만 아직 몸을 움직일 때가 아니야."

진운혜가 고개를 저으며 그런 소량을 말렸다.

"얼마 전과 비교하면 지금의 몸은 멀쩡한 것과 다름이 없습니다. 능히 원행을 버틸 수 있으니 심려치 마십시오."

그녀는 소량의 불안한 마음을 짐작할 수 있었다. 혈살금마 윤소천이 협박할 당시, 그녀도 옆에 있었던 것이다.

"다만 혈마곡에 대해서 여쭙고 싶습니다. 혈마곡과 할머니는 도대체 어떤 관계입니까?"

소량이 다급히 진운혜를 바라보며 질문했다.

진운혜가 한숨을 내쉬며 중얼거렸다.

"강호에 알려지지 않았지만 오십여 년 전, 혈마를 제압한 무인이 바로 어머니시다. 아마 혈마는 강호를 취하기 전에 먼저 어머니를 꺾어야 한다고 생각하고 있을 것이다."

소량이 눈을 질끈 감고는 느릿하게 고개를 끄덕였다.

잠시 생각을 정리하던 소량이 다시 질문을 던졌다.

"검신 진소월이라는 이름에 대해서도 여쭙고 싶습니다."

"…오랜만에 듣는 이름이로구나."

진운혜가 눈을 질끈 감았다. 한동안 그렇게 서 있던 진운혜가 잠시 뒤 가라앉은 목소리로 입을 열었다.

"검신 진소월은 당시의 천하제일인으로, 혈마를 막을 수 있는 유일한 무인이라고 불렸다. 하지만 혈마의 난이 본격화되기 직전, 그분은 강호에 출두하셨다가 실종되셨지."

소량의 눈썹이 꿈틀거렸다.

"실종?"

강호에 검신 진소월이라는 이름은 알려지지 않았다. 설혹 알려졌다 하더라도 혈마에게 패배하여 실종된 무인으로 치부되기 일쑤였다.

하지만 검신 진소월을 아는 사람은 아무도 그렇게 믿지 않았다. 하늘 끝에 이른 유일한 무인이라고까지 불렸던 그가 혈마에게 패배했을 리가 없다. 사람들은 틀림없이 무슨 곡절이 있을 거라고 생각해 그의 흔적을 추적했다.

"하지만 아무도 내막을 알아내지 못하였다. 심지어 어머니께서도 마찬가지셨지."

"성도 같거니와 무학도 같은 것을 보면……."

"그래. 그분은 내게 아버지가 되신다."

진운혜가 눈을 질끈 감으며 말했다.

소량 역시도 길게 한숨을 토해냈다. 강호에 알려지지 않은 비사를 들었지만 흥분보다는 착잡함만이 느껴질 뿐이었다.

"혈마곡 마인들에 대한 정보는 적지 않게 쌓여 있다. 원한다면 볼 수 있게 해주마."

말을 마친 진운혜가 소량을 보고는 실소를 머금었다. 소량의 표정이 너무도 딱딱했던 것이다. 진운혜는 저도 모르게 소량의 머리로 손을 가져가 한차례 쓰다듬었다.

"쯧쯧, 어린 나이에 너무 큰일에 휘말렸구나."

머리 한 번 쓰다듬은 것뿐인데 갑자기 마음 한구석이 따스해졌다. 진운혜 스스로도 놀랄 정도로 말이다. 진운혜는 인연이라는 것이 있기는 있나 보다, 라고 생각했다.

소량도 비슷한 심정을 느꼈다. 굳이 할머니라는 공통분모를 찾지 않아도 진운혜는 좋은 사람이었다. 할머니와 만나지 못하게 할까 봐 경계했던 것이 미안해질 만큼 말이다.

'할머니를 빼앗긴 것이 아니라, 가족이 몇 분 더 생긴 거라고 생각하자.'

소량이 은은하게 미소를 짓자, 진운혜가 손에 힘을 주어 그의 머리를 헝클었다.

"남궁세가의 무인을 파견할 수 있다면 좋겠지만 세가에 여력이 남아 있지 않구나. 호광성의 무림맹 지부에 부탁해 신양상단을 살펴보게 하마. 네가 먼저 동생들을 만날지, 무림맹의 지부가 먼저 동생들을 만날지 모르겠으나 둘 다 시도해 보는 것이 좋을 것이다."

"고맙습니다……."

소량이 멋쩍게 웃으며 말을 길게 늘였다. 잠시 쭈뼛거리던 소량이 얼굴을 슬며시 붉히며 중얼거렸다.

"…고모님."

진운혜가 실소를 머금고는 먼저 걸음을 옮겼다. 문가로 다가간 진운혜가 방문을 열다 말고 소량을 돌아보았다.

"참, 어머니를 찾았었지?"

"예."

소량이 얼른 자리에서 일어났다. 진운혜는 그 조급한 모습을 보고 또다시 실소를 머금었다. 하루에도 수십 번씩 소량을 찾는 어머니처럼 소량도 마찬가지인 것이다.

진운혜가 고개를 가볍게 저으며 방을 나섰다.

"할머니!"

문밖에는 유월향이 서 있었다.

2

유월향은 진운혜가 한사코 말린 탓에 방 안에 들어서지 못하고 있었노라고 말했다. 진운혜는 먼저 사정을 알아볼 요량으로 잠시 그녀를 떼어둔 것이다.

"내가 잊은 세월을 너는 기억하고 있다 들었어……."

유월향이 소량의 눈치를 살피며 말했다.

소량은 그녀가 자신을 알아보지 못한다는 절망감을 다시 느껴야 했다. 매병에 걸렸으니 어쩔 수 없다고 현실을 인정해 보려 했지만 쉽지가 않았다.

하지만 절망감은 금세 사라져 갔다.

기억은 하지 못했지만 할머니는 할머니였다. 기억해 주면 좋겠지만, 그랬으면 더 이상 소원이 없겠지만 할머니를 다시 볼 수 있다는 것만으로도 좋았다.

소량은 '언젠가는 기억하실 것이다, 기억하지 못하신다면 새로 추억을 쌓으면 된다'고 스스로를 위로했다.

소량은 하룻밤을 꼬박 새워가며 유월향과 대화를 나누었다. 지난 칠 년에 대한 이야기가 주를 이루었다. 유월향은 소량의 이야기를 들으며 몇 번이나 눈물을 훔쳐야 했다.

다음날, 소량은 아침부터 짐을 챙겼다.

남궁세가에서 고급스러운 흑의를 마련해 주었지만, 소량은 그것을 받지 않았다. 본래 강호행을 하는 데에는 눈에 띄는 차림보다는 평범한 복색이 나은 법이다.

끼니를 때울 건량과 갈아입을 옷 몇 벌이 든 바랑을 챙긴 소량이 유월향을 돌아보았다.

"이제 준비를 마쳤어요."

"응, 그려?"

소량이 짐을 챙기는 것을 멍하니 바라보던 유월향이 그제야 정신이 든 듯 자리에서 일어났다. 소량의 짐을 물끄러미 바라보던 유월향이 가볍게 혀를 찼다.

"짐이 너무 단출한 거 아녀? 옷이야 그렇다 쳐도 먹을거리는 든든하게 챙겨야 하는 법인디. 요렇게 하고 다니니께 속이 곯은 겨, 요렇게 하고 다니니께……."

도대체 왜일까?

육포나 건량을 한 짐 더 챙겨 소량의 짐에 밀어 넣던 유월향의 손길이 파르르 떨려왔다.

유월향이 텅 비어버린 시선으로 소량을 바라보았다.

'천릿길을 마다않고 찾아왔는디 정작 내가 노망이 나버렸으니 이를 어쩔까.'

유월향을 보는 소량의 심정도 그리 편하진 않았다.

그렇게 많은 고생 끝에 할머니를 찾았는데 겨우 하루 있다가 헤어져야 한다니. 마음 같아서는 하루 더 묵고 싶은데, 동생들이 염려되어 그럴 수가 없었다. 동생들과 돌아오면 다시 만날 수 있다고 되뇌어 보았지만 별로 위로가 되지 않았다.

소량은 아쉬운 얼굴로 자리에서 일어났다.

"저 이만 가볼게요, 할머니."

"응? 으응."

소량은 떨어지지 않는 발걸음을 억지로 떼어 걸음을 옮겼다. 안절부절못하던 유월향이 갑자기 소량의 팔을 붙잡았다.

"지금 가면 점심을 굶을 것인디 밥 묵고 가야."

"예?"

천하의 진무신모 유월향이었다. 붙잡고자 한다면 천하에 그녀를 당해낼 사람은 없다. 하지만 소량을 붙잡는 그녀의 손은 여느 할머니처럼 가느다랗고 힘없이 떨리고 있었다.

그 힘없는 손길이 낯설어 소량은 쉬이 걸음을 옮기지 못하였다. 그것이 거절의 의미인 줄 아는지 유월향이 거듭 소량의 팔을 잡아당겼다.

"그러지 말고 밥 묵고 가야, 뭐라도 묵여 보내야 마음이 편할 것 같아서 그려."

"할머니."

"선식당에 제법 큰 조방이 있으니께 그쪽으로 가자잉. 응? 내가 금방 해줄 테니께 조금만 참더라고."

소량은 하마터면 눈물을 흘릴 뻔했다. 고작 점심 한 끼에 불과한데 할머니의 눈에는 근심이 가득 어려 있었다.

유월향은 소량이 고개를 끄덕이자마자 선식당으로 안내했

다. 큰 조방에서 두부와 보리를 얻어온 할머니가 소량을 작은 조방으로 데려가 앉히고는 직접 철과를 쥐어 들었다.

"마음에 점 하나 찍는 것이 점심이라고 하지만, 그걸 가볍게 보고 거르면 속이 곯는 겨. 낸중에라도 끼니는 꼭 잘 챙겨 묵어야 되야. 알아듣겠지?"

유월향이 분주히 움직여 두부에 물을 넣고 끓였다. 두부에 고소한 냄새가 피어오르자 보리를 넣고 휘젓는다. 소량은 미소 지은 얼굴로 분주히 움직이는 그녀를 구경했다.

그녀는 알고 있을까?

그녀가 처음 해주었던 음식이 두부보리죽이었다는 것을.

"예, 거르지 않고 꼭 챙겨 먹을게요."

소량은 마치 무창의 집으로 돌아온 착각을 느꼈다.

당장에라도 문을 열고 영화가 들어올 것 같았고, 유선이 '나 아직 식전인데'라며 할머니 주위를 기웃거릴 것 같았다.

유월향이 철과에 소금을 털어 넣으며 말했다.

"필시 무슨 곡절이 있겠지만, 그래도 너는 몸을 더 아껴야 할 것이여. 겉으로 뵈는 상처가 금방 낫는다고 안심하는 모양인디, 그게 다 낸중에 골병으로 돌아오는 겨. 눈에 뵈지 않는 상처가 더 무섭다는 것을 알아야지."

"다 할머니 때문이잖아요. 제게 무학을 배운 이유를 그렇게 물으셨으면서."

 소량이 웃으며 말대꾸를 했다.

 마치 무창의 집에서처럼 그렇게.

 "나? 내가 그런 말을 했었다구?"

 유월향의 움직임이 딱 멈추었다. 아이가 저렇게 상처를 입은 이유가 자신 때문이라니, 믿을 수가 없었다.

 소량은 어깨를 으쓱해 보였다.

 "할머니, 죽 타요."

 "응? 워매!"

 유월향이 황급히 국자로 죽을 휘저었다. 두부보리죽이 다 익자 그녀는 한 사발 퍼서 소량의 앞에 내놓았다.

 소량은 얼른 저를 들어 죽을 맛보았다. 유월향은 소량이 먹는 모습을 하염없이 바라보기만 했다.

 "할머니도 좀 드세요."

 "아니여, 나는 됐어."

 마치 친 자식을 먹일 때처럼 소량이 먹는 모습만으로도 배가 불렀다. 유월향은 찬이랍시고 내온 소채를 죽 위에 얹어주었고 소량은 넙죽넙죽 그것을 받아먹었다.

 그리 오래 지나지 않아 식사가 끝났다.

 "다 묵었냐?"

 이 시간이 영원하지 않다는 것을 알고 있었으면서도 소량은 짙은 아쉬움을 느꼈다. 무창으로 돌아온 것 같은 착각도 금방 사라져 버렸다.

"이제 가볼게요."

소량은 눈물이 날 것 같아서 먼저 자리에서 일어나 버렸다. 소량이 성큼성큼 걸음을 옮겨 선식당 밖으로 걸어나가자 유월향이 그 뒤를 쫓았다.

"들어가세요, 할머니."

"아녀, 아무리 그래도 문간까지는 나가야지 않겠냐."

소량이 극구 들어가 쉬라고 해도 유월향은 막무가내였다. 남궁세가의 부서진 현문에 도착하자 유월향은 '그래도 동구까지는 나가봐야지'라며 함께 상통으로 걸어나갔다.

"몸 상하지 않게 조심히 가야 혀. 혈마곡의 개잡놈이나 도적들을 보면 그냥 도망치고, 배수들이 날뛰니께 금전은 잘 챙기고……."

유월향이 소량의 뒤를 쫓으며 계속 잔소리를 했다.

소량은 유월향과 함께 상통을 지나 중통의 저잣거리를 걸었다. 중통 너머의 관제묘도 함께 지났다. 관도가 보이는 데도 유월향이 돌아가지 않자 소량이 걸음을 멈추었다.

"이제 그만 가보시라니까요."

"그려. 어여 가야."

유월향이 알았다는 듯 손을 휘저었다. 소량은 무어라 말해야 할지 모르는 사람처럼 머뭇거리다 몸을 돌렸다.

뒤를 돌아보면 발걸음을 떼지 못할까 봐 소량은 일부러 앞만 보고 걸었다. 그렇게 잠시 걷는데 등 뒤에 시선이 느껴진다. 뒤돌아보니 딱 소량이 걸은 것만큼 유월향이 걷고 있었다.

"들어가시라니까요."

유월향이 고개를 끄덕이고는 물끄러미 소량을 바라보았다. 소량은 그녀의 눈에 눈물이 몇 방울 고여 있다는 것을 깨닫고는 씁쓸하게 몸을 돌렸다.

하지만 얼마 걷지 않아 다시 뒤를 돌아보는 소량이었다.

아직 해야 할 말을 다 하지 못한 것이다.

"할머니."

"으응?"

유월향이 의아한 얼굴로 소량을 바라보았다.

"두부보리죽을 해주셔서 고마워요."

유월향은 두부보리죽의 의미를 모르고 그냥 고개만 끄덕일 따름이었다.

소량이 환하게 웃으며 말을 이어나갔다.

"영화가 울 때 안아주셔서 고마워요."

유월향의 움직임이 문득 멈추었다.

"태승이에게 책을 사주셔서 고마워요."

본래 말이라는 것은 다 때가 있는 법이다. 지금이 영원할 줄 알고, 혹은 말하지 않아도 알 줄 알고 가만히 있으면 때를 놓치게 마련이다. 소량도 그랬다. 할머니가 있는 것이 너무 당연해서 소량은 반드시 해야 할 말을 하지 못하고 말았다.

소량은 이제야 그녀에게 인사를 하고 있었다.

"옷을 지어주서서 고마워요."

옷 한 벌 제대로 해드리지 못해서 죄송해요.

"유선이를 업어주서서 고마워요."

업어드리고 싶었는데, 이제 다 컸으니 우리들 등에서 편히 쉬시라고 말씀드리고 싶었는데 그러지 못해서 죄송해요.

"시전 구경을 시켜주서서 고마워요."

항상 좋은 것만 보여주셨는데, 할머니를 모시고 유람 한 번 가보지 못해서 죄송해요.

미소 지은 소량의 눈에 눈물이 차올랐다. 너무 감사하고, 감사한 만큼 미안하고, 그 모든 것을 합친 것보다 사랑했다.

"우리들을 찾아와 주서서 고마워요……."

소량이 느릿하게 고개를 들었다.

할머니의 조그마한 모습이 너무나 그립게 느껴졌다.

할머니, 할머니. 우리 할머니.
"꼭 다시 뵈어요."
소량의 목소리가 관도에 울려 퍼졌다.

第六章
신독패(神毒牌)

1

 소량이 신양상단으로 출발할 무렵이었다.
 사천당가와 계약을 맺으며 신양상단에는 이전과는 비교도 할 수 없을 정도로 많은 정보가 쌓였다.
 호광성의 정보만을 다루던 과거와 비교하면 그야말로 상전벽해(桑田碧海)라 말해도 과언이 아니었다.
 양도 많거니와 하나같이 귀한 정보들인데도, 그것을 대하는 승조의 태도는 가관이었다. 마치 대충 훑어보는 것처럼 한 번 스윽 보고 뒤로 휙 던져 버리는 것이다.
 신양상단의 단주, 이호청은 그것이 마음에 들지 않았다.

"험, 험. 이게 무슨 난장판인가?"

이호청은 승조를 볼 때마다 두 가지 감정을 동시에 느꼈다. 금전의 흐름을 꿰뚫는 상재를 볼 때면 여불위(呂不韋)라도 된 듯한 기쁨을 느꼈고, 싸가지라고는 밥 말아먹은 듯한 성격을 볼 때면 분노로 혈압이 치솟는 것을 느껴야 했다.

지금도 마찬가지였다. 일부러 헛기침을 내뱉어 인기척을 냈는데도 승조는 뒤도 한 번 돌아보지 않는 것이다.

"놈, 인사하는 시늉이라도 해야 할 것 아니냐?"

승조는 인사 대신 종이뭉치를 등 뒤로 휙 던졌다. 너무 집중한 까닭에 이호청이 찾아온 것도 깨닫지 못한 것이다.

민망해진 이호청이 호위무사 임자평을 흘끗 보고는 '인자한 내가 참는다'는 표정을 지으며 허리를 굽혔다.

"도대체 무엇을 하기에……."

종이뭉치를 쥐어 든 이호청이 입을 꾹 다물었다. 종이에는 사천 진입에 필요한 요소들이 적혀 있었는데, 다른 상단에서 보았다면 천금을 주고라도 사려 했을 귀한 정보들이었다.

"설마 이게 전부 다?"

다른 것들을 뒤져 봐도 마찬가지였다. 하나같이 외부로 알려져서는 안 될 귀중한 정보들이다.

"야, 인마!"

분노를 참지 못한 이호청이 버럭 고함을 질렀다.

"어라? 언제 오셨습니까? 임 아저씨도 오셨네요."

승조는 이호청에게 목례를 취하고는 임자평에게도 가볍게 수인사를 건넸다.

평소에는 은신해 있지만, 승조의 앞에서만큼은 모습을 드러내는 임자평이었다. 과거 소량 덕택에 모습을 보인 적이 있으니 굳이 숨길 필요가 없었던 것이다.

"단주께서는 일다경 전에 오셨다네. 이게 무슨 난장판이냐고 계속 잔소리를 하셨지."

"그래요? 뒷방 늙은이처럼 잔소리하고는."

승조가 유들유들하게 말하고는 다시금 종이뭉치에 코를 박았다. 이호청이 승조의 뒤에 대고 격렬하게 삿대질을 했다.

"무어라? 뒷방 늙은이?! 아니, 아니. 그게 중요한 게 아니지. 이 망할 자식아! 정보를 이리 관리하면 어쩌자는 게냐!"

"다 본 것들이니 굳이 다시 볼 필요 없거든요."

"다 본 것이라고?"

이호청이 화를 내려다 말고 주춤했다. 한 번 본 것은 모조리 외우는 재능의 소유자가 있다는 말을 들은 적이 있다.

기가 막힌 상재를 지닌 놈이니 어쩌면 그런 천재일지도 모른다.

시험해 봐야겠다고 생각한 이호청은 아무 종이뭉치나 하나 주워 들고는 무어라고 중얼거렸다.

"십대상단에 대한 정보로군. 흐음, 호광과 섬서에 발을 뻗은 상단이라… 운리방(雲理幇)이 관리하는 비단의 양과 옥의 종류가 어찌 되는지 아느냐?"

승조가 그게 무슨 헛소리냐는 표정을 지었다.

"그걸 내가 어떻게 알아요?"

"…외운 것이 아니었더냐?"

"에이, 나를 너무 대단한 사람으로 보셨네. 태승이라면 모르겠지만 저는 그렇게 똑똑한 사람이 못 돼요. 동시도 떨어진 사람에게 무얼 바라시는 거람?"

"그럼 왜 내팽개쳐 뒀느냐?"

"대충 계산은 해봤거든요. 운리방, 재정이 튼튼하다는 소문과 달리 빚이 삼천 냥이나 되더라고요. 한 해 수익이 오천 냥이 넘는데, 도대체 왜 그렇게 빚을 졌을까?"

승조가 의자에서 내려오며 허리를 두드렸다.

"으으, 역시 사해상단으로 갈 걸 그랬어. 상단주가 호인으로 보여 찾아온 건데 이렇게 혹사시킬 줄이야."

"내가 언제 혹사를……."

"상단 확장에 대한 안건을 모조리 제게 맡겨놓고 그게 무슨 말씀이십니까?"

이호청이 표정을 추스르며 헛기침을 흠흠 내뱉었다.

"험, 험! 엄밀히 말하면 모조리 자네에게 맡긴 건 아니지."

승조가 아무 말 없이 물끄러미 바라보자, 이호청이 느긋하게 뒷짐을 지고는 승조의 시선을 피해 벽면을 바라보았다.

호광성 일대에 머무르던 신양상단을 전 중원을 아우르는 상단으로 키우기 위해, 이호청은 뛰어난 행수들을 모아 외당을 하나 만들었다. 처음부터 호광 상계의 신성, 신산자라 불리는 진승조를 염두에 두고 만든 것이었다.

하나 너무 빠른 승급이라며 반대가 빗발쳤다. 이호청은 세인들의 눈을 가릴 요량으로, 장우현(張右峴)이라는 행수를 외당주로 임명하고 그 밑에 승조를 배치했다.

물론 실무는 모조리 승조의 차지였다.

"뭐, 어쨌든."

책망의 시선으로 이호청을 바라보던 승조가 고개를 돌리고는 종이뭉치 하나를 집어 들었다.

"세부적인 산술이나, 목록의 비교 등은 다른 분들에게 맡겨둘 겁니다. 저는 큰 흐름을 먼저 보고자 했어요. 현 중원의 금전 흐름은 어떠한가. 과연 우리의 경쟁자가 될 곳은 어디인가. 전 중원을 아우르려면 경쟁자들을 어찌 이겨내야 하는가."

그래서 승조는 정보들을 규합해 커다란 밑그림을 짰다. 개방이나 하오문과도 비슷한 방식이었는데, 그들이 모든 정보를 취급한다면 승조는 오로지 금전의 흐름에만 집중했다.

"그 결과……."

"그 결과?"

이호청이 몹시 기대에 찬 얼굴로 다음 말을 기다렸다.

"십대상단 중 상위 삼대상단과 경쟁하게 되면 비굴하게 굽실거려야 한다는 결론을 내렸습니다."

삼대상단과 마주치면 굽실거려야 하는 것은 중원의 모든 상단이 마찬가지였다. 이호청이 콧방귀를 뀌며 중얼거렸다.

"그걸 결론이라고 냈느냐, 이 쌀벌레 같은 놈!"

"하지만 말이에요, 아까 말한 대로 운리방은 수익보다 빚을 더 내고 있어요. 어딘가로 돈이 새어나가고 있다는 말입니다. 금전 흐름을 추적해 보니 서역과 교역하겠답시고 청해에 돈을 쏟아부었던 모양인데, 하다하다 안 되겠는지 오 년 전부터는 청해 대신 중원에 돈을 흘려보냅디다."

이호청의 표정이 밝아졌다. 운리방이 그렇게 부실하다면 적어도 중원삼대상단 중 한 곳에 대해서만큼은 비굴하게 굴지 않아도 된다.

"그다음은 대진상단(大秦商團). 이쪽의 금전 흐름도 비슷해요. 액수는 훨씬 적지만, 운리방과 마찬가지로 청해에 돈을 붓다가 지금은 중원에 돈을 흘리고 있지요. 대신 이쪽은 무림맹에도 많은 투자를 하고 있으니… 자금만 따지면 우리 신양상단과 비등비등할 겁니다."

문제는 운리방의 금전 흐름도, 대진상단의 금전 흐름도 뒷맛이 개운치 못하다는 점이었다. 투자한 금액에 비해 서역과 교역한 물건이 너무나 적다.

'청해에서 생돈을 날려놓고도 운리방이나 대진상단은 그에 대한 조사에 착수하지 않았다. 마치 가져다 바친 것처럼 말이야.'

그렇다면 오 년 전부터 금전 흐름이 바뀐 것은 어떻게 설명해야 하는가?

청해에서 돈을 먹던 무언가가 중원으로 자리를 옮겼다고 봐야 한다. 그게 뭔지는 모르겠지만 말이다.

'복잡하군.'

승조가 고개를 홰홰 젓더니 창가로 걸어갔다.

"중원상단은? 그쪽은 어떻던가?"

이호청이 조급한 듯 그런 승조의 뒤를 쫓았다.

열 사람이 몇 달을 고생해야 겨우 분석해 낼 정보량인지라

신독패(神毒牌) 173

근시일 내에 보고를 들을 수 없을 것이라 생각했었는데, 예상치 못하게 체계적인 분석을 듣게 되었다.

단 칠 주야.

그 안에 승조는 홀로 분석을 마친 것이다.

"그쪽은 견실해요. 우리가 그쪽만큼 몸집을 키우기 전에는 건드리지 말고 굽실거려야 할 것입니다. 사천 교역 때도 중원상단이 중요 목록으로 취급하는 건 건드리지 마세요. 참, 제가 부탁드린 것은 어떻게 됐습니까?"

승조가 이호청을 흘끔 바라보았다.

중원상단을 건드릴 수 없다는 말에 실망한 표정을 짓고 있던 이호청이 큼큼, 헛기침을 내뱉었다.

"남궁세가에 대해서 알아봐 달라는 이유가 무엇인지는 모르겠지만… 남직예에 있는 지부들에는 모조리 일러두었네. 머지않아 정보가 올라올 걸세."

남궁세가의 혈사가 일어난 지 얼마 되지 않은고로 아직 신양상단은 그 사실을 모르고 있었다.

승조가 다시금 질문을 던졌다.

"그럼 천애검협에 대한 정보는요?"

"태행마도를 꺾었다는 것과 도천존의 삼 초식을 받아내었다는 것 외에는 알려진 바가 없네."

이호청의 대답이 끝나자마자 임자평이 끼어들었다.

"정말 그때 만난 청년이 천애검협인가?"

"예, 진소량이라면 제 형님이 분명합니다."

천애검협이라는 별호를 들었을 당시, 형제들 중 기뻐하는 사람은 아무도 없었다. 멀쩡한 몸으로 얻은 별호라면 모르겠으나 죽기 일보직전까지 갔다지 않은가!

영화는 눈시울을 붉혔고 승조와 태승은 서로를 마주 보며 씁쓸한 미소를 지었었다. 오직 어린 유선만이 제 오빠가 출세한 줄 알고 철없이 신이 났을 뿐이었다.

'몸은 괜찮으신 것이겠지요, 형님?'

승조가 길게 한숨을 내쉬었다.

"하아—"

승조가 고개를 홰홰 저으며 창가 밖으로 시선을 돌렸다.

원자에는 아이들이 뛰어놀고 있었는데, 그 중심에는 늘 그랬듯 큰 누이 영화가 있었다. 이상한 점은 그 옆에 사천당가의 소가주가 있다는 점이었다.

"아니, 그런데 저 빌어먹을 자식은 왜 매일 우리 큰 누이 옆에 붙어 있담?"

승조의 얼굴이 종잇장처럼 구겨졌다.

2

처음에 당유회는 홍점사에 물린 아이를 치료하기 위해 영화를 찾았다. 그녀가 없으면 아이가 불안해하고 아이를 보지 못하면 그녀가 불안해하는 탓이었다. 홍점사의 독을 해독하는 시간 동안 당유회와 영화는 같은 시간을 보냈다.

이상한 것은 치료가 끝났는데도 당유회의 발걸음이 원자로 향했다는 점이었다.

그녀가 어떤 사람인지 궁금했기 때문인지, 아니면 그냥 보고 싶은 건지는 당유회 스스로도 몰랐다.

지금도 당유회는 영화와 아이들 곁에 있었다.

"그래서 어떻게 됐는데요?"

아이 하나가 초조한 얼굴로 질문을 던졌다.

아이들이 놀아달라 조르자 당유회는 과거 그가 추포한 청의색마(青衣色魔)의 이야기를 꺼냈다. 차마 아이들 앞에서 색마라는 말을 꺼내지 못해 도적으로 바꾸었지만 말이다.

당유회가 은근한 미소를 지으며 반문했다.

"어떻게 됐을 것 같으냐?"

"어서 말해주세요! 잡았어요, 놓쳤어요?"

흥미진진한지 아이들의 눈에서 불꽃이 피어올랐다.

영화도 비슷한 시선을 보내고 있었다. 할머니에게 무학을 배우긴 했지만, 영화는 강호의 일은 잘 알지 못했던 것이다.

영화가 잠시 주저하다가 조심스럽게 질문했다.

"그래서 어떻게 됐나요?"

당유회가 씩 웃으며 아이들을 돌아보았다.

"물론 잡았지! 청의색, 아니, 청의도적은 나비처럼 날아오는 칼날을 피하려고 허공에서 몇 번이나 몸을 뒤집다가 그만 발을 헛디뎌 포교들이 우글거리는 저잣거리로 떨어지고 말았단다. 아마 지금쯤 형옥에 있을걸."

어린 나이에 소가주 위에 오른 터라, 당유회에게는 민심을 끌 만한 명성이 없었다. 당유회는 사천을 휘젓던 청의색마를 추포함으로써 작게나마 명성을 얻을 수 있었다.

물론 가주의 야료가 조금 있었지만 말이다.

"와아!"

아이들이 흥분으로 발개진 볼을 한 채 감탄을 터뜨렸다. 개중에는 재차 질문을 던지는 아이도 있었다.

"정말로 나비를 허공에 보내서 도적을 잡았나요?"

"그럼! 진짜 나비가 아니라 호접비지만 말이다."

당유회가 껄껄 웃으며 질문한 아이의 머리를 쓰다듬었다.

"그럼 보여줘요!"

"미안하지만 그건 아무에게나 보여줄 수 없는 것이란다. 만에 하나 도적이 그것을 훔쳐보고 도망칠 방법을 연구하면

신독패(神毒牌) 177

어떻게 하겠느냐? 비밀이야, 비밀."

"치사하게. 그러지 말고 한 번만 보여주면 안 돼요?"

채희가 입술을 비죽이며 칭얼거렸다. 그의 앞에 앉아 손가락을 잡아당기던 채희가 아예 그의 소매를 잡아갔다.

"어허, 놓으려무나."

당유회가 짐짓 엄한 척 꾸중했다.

본래 당가 사람들은 소매를 만지는 것을 몹시 싫어한다. 당가 무인의 소매에는 독이나 암기가 있게 마련인 것이다.

지금은 비어 있다지만 얼마 전까지만 해도 당유회의 소매에는 극독이 몇 개 들어 있었다.

"놓으라 하지 않더냐, 이 녀석."

"한 번만 보여주세요!"

채희가 힘을 주어 소매를 잡아당겼다.

정확히 그 순간에 당유회가 팔을 빼버린고로 소매 끝이 살짝 찢어지고 말았다.

"아야!"

당유회의 힘을 이기지 못한 채희가 그의 품 안으로 나뒹굴었다. 당유회는 채희를 받아 안고는 소매를 보며 혀를 찼다.

"채희야, 당 공자를 곤란하게 하면 못쓴다고 했잖니. 당 공자, 괜찮으신… 이런."

영화가 찢어진 소매를 보고 당황한 표정을 지었다.

당유회가 뭐라고 하기도 전에 영화가 몸을 돌렸다.

"너, 언니 다녀올 동안 죄송하다고 말씀드려."

"으응."

벌써 당유회와 영화 사이에서 두 번이나 잘못을 저지른 채희였다. 저번엔 영화에게 국을 엎었고 이번엔 당유회의 소매를 찢고 만 것이다.

꾸중을 들을까 겁이 난 채희가 우는 시늉을 할까 말까 고민하며 당유회에게 머리를 숙였다.

"잘못했어요."

어린아이가 한 짓이니 당유회는 무어라 말도 못했다.

당유회는 채희를 꾸중하는 대신 어딘가로 걸어가는 영화를 보며 의아한 표정을 지었다.

"허, 참."

영화가 돌아오자 당유회가 헛웃음을 터뜨렸다.

그녀의 손에는 실타래와 바늘 한 개가 들려 있었다.

"그거, 내 옷을 꿰매주려고 가지고 온 거요?"

"네."

영화가 진지한 얼굴로 고개를 끄덕였다. 순진해 보이는 모습에 당유회의 입가에 어린 미소가 더욱 짙어졌다.

"내게는 여벌의 옷이 있소만."

신독패(神毒牌) 179

"아아……."

영화는 그제야 민망한지 얼굴을 붉혔다. 워낙 고가의 비단이다 보니 더 있을 것이라는 생각을 못하고 수선해야겠다는 생각부터 떠올리고 말았던 것이다.

영화가 실타래와 바늘을 얼른 등 뒤에 숨겼다.

"제가 생각이 짧아 실수를 했습니다. 그럼 비단의 값을 알려주세요. 제가 아이 대신 치르겠습니다."

"비단의 값이라… 흐음."

당유회가 짓궂은 표정을 지었다. 그의 장포는 사천제일 장인이 만든 것으로, 성도에서는 부르는 게 값이다.

영화가 채희처럼 당유회의 눈치를 살폈다.

"저기, 혹시 많이 비싼가요?"

당유회는 하마터면 웃음을 터뜨릴 뻔했다.

"실은 소저께서 의복은 화려함이나 사치를 추구해서는 아니 되고[不可華侈] 추위를 막을 정도면 그만[禦寒而已]이라고 하셨을 때 깨달은 바가 적지 않았다오. 이 정도 찢어졌다고 버릴 수는 없는 노릇이니… 혹시 수선에 재주가 있으시오? 그렇다면 부탁드리고 싶은데."

영화가 잠시 머뭇거렸다.

"같은 말을 제 동생에게 해주었더니, 형편에 맞게 돈을 쓰는 일은 결코 허물이 아니라 대답하더군요. 모든 사람이 마의

만 입는다면 비단 장수들은 굶어죽지 않겠냐고 하면서 말입니다. 사천당가는 대가(大家)라 들었으니, 그때는 제가 실언을 한 듯싶습니다."

새삼 그녀의 학식이 보통이 아니라는 것을 느낀 당유회였다. 시의적절한 반론에 할 말을 잃어버린 당유회가 무어라 대꾸하는 대신, 장난기 어린 미소를 지었다.

"수선에 재주가 없다 생각해도 되겠소?"

그의 마음을 알아차린 영화가 미소를 지었다.

"배려에 감사드립니다."

"그럼 제가 나중에 벗어 보내… 으음."

당유회가 말을 하다 말고 신음을 토해내었다. 영화가 대뜸 자리를 잡고 앉더니 바늘에 실을 꿰어가는 것이다.

설마 바로 꿰맬 줄은 몰랐던 당유회가 민망한 듯 헛기침을 내뱉었다.

하지만 당유회는 금방 적응했다. 그는 재미있다는 듯 유들유들하게 웃으며 영화의 솜씨를 칭찬했다.

"보아하니 수를 놓아도 신품이 나오겠소."

"별말씀을요."

영화가 대수롭지 않게 중얼거리며 바늘을 놀렸다.

흠이 가지 않도록 신중하게 꿰매던 영화가 무언가가 생각났다는 듯 진지하게 고개를 들었다.

"참, 청의도적을 추포하신 일은 정말 잘하셨어요."

영화가 심각한 얼굴로 말한 다음 정말 그렇다는 듯 고개를 두 번 끄덕였다. 당유회는 또다시 비어져 나오는 웃음을 참으려 애를 써야 했다.

'참으로 이상한 소저다.'

천하제일미라 말해도 과언이 아닐 정도의 아름다움을 가졌으면서도, 뛰어난 학식과 무학을 가졌으면서도 절대 그것을 과시하지 않는다.

실제로 하는 일도 시비와 다름없지 않는가!

반면 엉뚱한 구석도 있다.

어린아이들을 재밌게 해주려고 과장한 이야기에 진지하게 반응하는 모습은 순진하기 짝이 없다.

'조금의 두려움도 없이 뱀에 물린 아이의 다리에서 독을 빨아낼 때에는 깜짝 놀랐었지.'

갑자기 당유회의 심장이 두근두근 뛰었다. 얼굴도 조금 빨개진 것 같은데, 스스로도 왜 이러는지 알 수가 없다.

"제가 무슨 실수라도 했나요?"

"아니, 아무것도 아니오."

영화의 질문에 당유회가 고개를 돌려 딴청을 피웠다.

빤히 내려다보는 시선이 사라지자 영화가 고개를 갸웃하고는 다시 바느질에 집중했다.

"나는 당가의 영웅이다! 받아라, 청의도적!"

"난 청의도적 아니야! 네가 청의도적 해!"

아이들이 흩어져 저들끼리 뛰어 노는 소리가 들려왔다.

처음에는 티격태격하는가 싶던 아이들이 이내 순번을 정해 당유회의 이야기대로 서로 쫓고 쫓기기 시작한다.

그러는 사이, 마침내 바느질이 끝났다.

"다 끝났습니다. 감쪽같지요?"

영화를 보느라 정작 소매는 보지도 않았던 당유회가 얼른 시선을 내렸다. 소매는 언제 찢어졌냐는 듯 멀쩡했다.

"정말 감쪽같구려. 대단한 솜……."

"우리 큰누이의 솜씨는 무창에서도 소문난 것이었지요."

도대체 언제 나타난 것일까!

영화의 앞에는 승조가 눈을 가늘게 뜬 채로 서 있었다.

승조는 창문 밖에서 영화를 발견하고는 그 길로 원자로 나와 버린 것이다.

승조의 옆에는 당가의 총관, 당문기도 있었다.

"여기서 뭐하십니까, 큰누이?"

"으응, 채희가 당 공자의 옷을 찢어버려서."

승조가 얼른 당유회의 눈치를 살폈다. 천만다행히 노한 기색은 없었다. 오히려 그를 본 승조의 속이 거북해졌다.

"아이가 실례를 했나 보군요."

"자네 누이 덕에 아무렇지도 않네. 괘념치 마시게."

"괘념치 말라 하시니 그리하겠습니다. 감사합니다."

승조가 냉큼 머리를 조아려 보였다.

당유회가 어처구니없다는 듯 실소를 머금었다.

"납득이 예상보다 빠르군, 자네?"

"상인이지 않습니까? 선수파파(善手婆婆)가 만든 장포를 물어내려면 손해가 이만저만이 아닐 테니, 당 대협께서 양보해 주실 때 얼른 받아야지요."

승조가 약삭빠르게 말하자 당유회가 고개를 절레절레 저었다. 천하제일인도 말로는 진승조를 꺾지 못할 것이다.

"그보다 하루 종일 일을 했더니 허기가 집니다, 누이."

말을 마친 승조가 죽는 시늉을 하며 배를 어루만지자 영화가 고운 눈으로 흘겨보았다.

"그러게 제때에 끼니를 때우라 했잖니."

"누이 말씀이 맞아요. 아침을 굶었더니 죽겠습니다."

영화가 고개를 저으며 한숨을 푹 내쉬더니, 당유회와 당문기에게 목례를 해 보였다.

"죄송합니다, 당 공자. 저 먼저 들어가 보겠습니다."

"그러시오, 진 소저."

당유회가 자리에서 일어나 마주 목례를 해 보였다. 승조가 당유회에게 예를 취하고는 영화를 따라 걸음을 옮겼다.

그렇게 몇 걸음이나 걸었을까.

승조가 불퉁한 얼굴로 중얼거렸다.

"저 사람, 왠지 모르게 엉큼해 보이지 않습니까?"

"네 나이보다 세 살이나 많은 사람에게 무례하게."

영화가 꾸중하듯 미간을 좁혔다.

"왜 독을 다루는 사람 중에 겉 다르고 속 다르지 않은 사람이 없다고 하잖습니까."

"하지만 눈빛이 예쁘던데."

"예?"

승조가 당황하여 영화를 바라보았다. 자신을 빤히 내려다보던 당유회의 눈을 떠올린 영화가 혼자 쿡쿡 웃었다. 그가 들으면 화낼지도 모르지만 멋지다기보다는 예쁜 눈이었다.

"어어? 큰누이, 왜 웃습니까?"

영화가 대답하지 않고 걸음을 옮겼다.

"흐음."

당유회는 한참 동안이나 멀어지는 영화를 바라보았다.

당문기가 그의 옆에 서더니 턱을 긁적거렸다.

"이번의 여인은 다른 분들을 대할 때와 다르시군요."

"그게 무슨 소린가?"

당유회가 평소와 다를 바 없는 유들유들한 태도로 당문기를 돌아보았다. 하지만 가벼운 미소와 달리, 눈빛은 차갑게 가라앉아 있었다.

"다른 여인들은 그렇게까지 가까이에는 오지 못하게 하셨지 않습니까."

당유회는 대답하는 대신 쓴웃음을 지어 보였다.

아직도 심장이 두근두근 뛰고 있었다. 여태 어느 여자를 봐도 이런 적이 없었는데 말이다. 당유회 스스로는 몰랐지만, 사실 그는 흔들릴 대로 흔들리고 있었다.

당유회가 고개를 절레절레 저으며 말했다.

"한데 어쩐 일로 찾아왔는가?"

"…신독패가 돌아왔습니다. 그것도 본가가 아닌 신양상단으로 말입니다."

"신독패가?"

당유회의 표정이 심각하게 변해갔다.

신독패란, 당가가 입은 은혜를 보은하기 위해 만든 패다. 오십여 년 전의 한 번을 제외하면 지금까지 발행된 적이 없는 희귀한 패가 바로 신독패였다.

"사업 때문이라는 것은 감췄지만, 당가의 소가주의 행적만은 감출 수가 없는 법이지요. 그분이 찾아오신 것도 소가주의 소문을 들으셨기 때문일 것입니다."

그분이 찾아왔다는 말에 당유회의 눈이 커졌다.

"현재 운학서원(雲鶴書院)에 머물고 계십니다. 모시려 했으나 독이 든 차를 마시기는 싫다 하시더군요. 사실 신독패를 받을 때도 목소리만 들었을 뿐 얼굴은 뵙지 못했습니다."

당유회는 그 말이 진실인가 아닌가 가늠해 보려는 사람처럼 당문기를 바라보다가 이내 쓴웃음을 지었다.

"증조부님의 일화로군."

당유회는 한 번도 만나보지 못했지만 그의 증조부인 당염(唐廉)은 독성(毒聖)이라 불린 절대고수였다.

그는 짓궂은 장난을 많이 치는 것으로도 유명했는데, 독이 든 차를 대접하는 것도 그중 하나였다.

신독패를 가져간 천괴(天怪)도 과거 그의 독에 당한 바 있다. 천괴는 전신에 두드러기가 난 채로 '당가 사람 둘이 모인 곳에는 고개도 돌리지 않겠다'고 외쳤다고 한다.

"그분께서는 증조부님의 독이 당가에 남아 있지 않다는 것을 모르시는 모양이로군."

"본래의 별호보다 천괴라는 별명으로 더 자주 불리는 분의 속을 제가 어찌 알겠습니까."

"흐으음."

당유회가 신음을 길게 토해냈다. 신독패가 걸린 문제라면 자신이 아니라 가주께서 처리해야 할 문제다.

"일단 가주께 서신을 보내야겠네. 녹혈대 중 발이 빠른 자를 알아봐 주게."

"이미 준비해 두었습니다."

"내일은 내가 직접 운학서원으로 가보겠네."

당유회가 무거운 목소리로 중얼거리고는 걸음을 옮겼다. 당문기는 고개를 끄덕이고는 그 뒤를 쫓았다.

"계속 보고 드리겠습니다. 녹혈대가 말하길 최근 신양현에 무림인들이 많아졌다 합니다. 왜인지는 모르겠습니다만, 일단은 알아보……."

당유회는 당문기의 보고를 귓등으로 흘릴 뿐이었다.

第七章
자각(自覺)

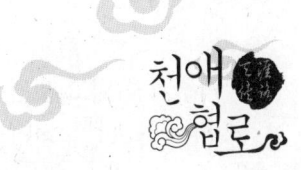

1

당유회가 당문기의 보고를 받고 있을 무렵이었다.

태승은 우울한 얼굴로 앞을 바라보고 있었다. 신양상단에서 마중 나온 유선의 손을 잡고 걸어가는데, 서너 명의 소년 학사들이 나타나 길을 가로막은 것이다.

태승은 눈을 지그시 감으며 입을 열었다.

"그러니까, 내게 지필묵을 구해달라는 말씀이시오?"

"그렇다네. 아무래도 우리는 서원 밖으로 나가기 어려우니 말일세. 자네는 그래도 집에 돌아가는 길이 아닌가."

승조의 나이쯤 되었을까 싶은 소년이 말했다.

학창의를 입고 뒷짐을 진 풍모가 제법 그럴듯했지만 태승은 그의 속이 옹졸하다는 것을 잘 알고 있었다.

지금의 경우도 그렇다.

운학서원에 사가의 하인을 들일 수 없다는 규정이 있긴 하지만, 그것은 어디까지나 상주가 금지된 것일 뿐 하인에게 심부름을 시키는 것조차 금지한다는 뜻은 아니었다.

말만 몇 마디 전하면 하인들이 득달같이 달려와 귀한 벼루니 붓이니 사다 줄 터인데 소년은 일부러 태승에게 심부름을 시키고 있었다.

태승은 태연한 척 고개를 끄덕였다.

"좋소. 하면 값은 어찌 치르시겠소?"

신양현 현령의 아들, 양귀여(梁貴餘)가 한탄을 토해냈다.

"가친께서 워낙에 청렴하신 까닭에 내게는 가진 재물이 별로 없다네. 공자께서는 남을 나와 같이 보라[視人如我]고 하지 않으셨나. 형님 되시는 분이 신산자인가 하는 유명한 상인이라니 재물이 부족하지는 않을 터, 자네가 대신 값을 치러주면 좋겠네."

"뭐야, 이거 도적놈 아니야?"

태승의 손을 잡고 있던 유선이 대뜸 앞으로 나섰다.

무창에 살 때부터 말괄량이이더니, 할머니가 떠나 버린 지금도 그 기질을 버리지 못하는 유선이었다.

"흥! 지필묵이 가지고 싶으면 나에게 부탁하는 것이 어때? 나를 누나라고 부르면 길가의 나뭇가지를 꺾어 붓을 만들어 주지!"

열한 살 먹은 계집아이가 맹랑하게 말하자 양귀여의 얼굴이 붉으락푸르락해졌다. 유선을 상대하기는 체면이 상한다 싶었는지 양귀여가 태승을 노려보았다.

"집에서는 충효를 전하고 인자함과 어른을 공경하는 태도를 지키라[家傳忠孝 世守仁敬] 했네. 자네 동생의 태도를 보니 어른에 대한 공경이라고는 조금도 없군. 자네 집안에서 사람을 어찌 키우는지 잘 알겠어."

유선이 표독스럽게 소리를 질렀다.

"뭐, 이 자라 같은 자식아?!"

"유선아!"

얼굴이 붉어진 태승이 유선을 끌어당기며 외쳤다. 유선이 반항을 해보았지만, 태승의 힘을 이길 수는 없었다.

"공자께서는 가난한 사람을 잘 돌보라 하셨으니[賜恤貧乏]… 좋소이다. 사다 드리지요."

태승이 고개를 끄덕이자 양귀여의 표정이 구겨졌다.

'차라리 덤벼들어 주면 좋으련만.'

화를 내고 달려들면 그걸 명분 삼아 괴롭혀 볼 텐데 도무지 달려들지를 않는다.

자각(自覺) 193

그렇다고 고분고분한 것도 아니다.

납작 엎드려 빌면 아예 괴롭히지도 않을 텐데, 태승은 들어주는 척하면서 약을 바짝바짝 올리곤 했다.

"좋네, 그럼 산서성의 것으로 마련해……."

"검소한 태도로 가정의 산업을 다스리라[勤儉治産] 했소. 현령께서 청렴하신 것은 좋으나 그대를 보니 귀가의 생활이 염려가 되지 않을 수 없구려. 검소하게 사시는 것이 좋을 듯하니 내 간단한 것으로 준비해 드리다."

양귀여가 붉으락푸르락한 얼굴로 무어라 말하려 했지만 태승이 먼저 걸음을 옮겼다. 이를 뿌드득 가는 것을 보니 앞으로 피곤한 일이 많이 생길 것 같다.

"하아—"

몇 걸음 걸어가던 태승이 우울한 한숨을 토해냈다.

신양현으로 온 승조는 가장 먼저 태승을 운학서원으로 보내었다. 태승이 할머니를 찾는 일을 돕겠다고 나섰지만 승조는 형이 둘이나 있으니 염려하지 말라며, 너는 학문에만 집중하라며 쫓아내다시피 태승을 서원에 보내었다.

심지어 영화까지 '우리 집안에서 네게 거는 기대를 알고 있지 않느냐'며 학문을 계속하라 설득했다.

그렇게 운학서원으로 오게 된 태승은 학문을 닦는 데 집중했다. 가슴속 가득한 근심을 글을 읽음으로써 풀었다.

본래부터 오성이 뛰어났던고로, 태승은 한림학사를 지낸 장효랑(張孝朗) 학사의 칭찬을 한 몸에 받았다.

그것이 질시를 낳았나 보다.

양귀여를 비롯한 몇몇 학사들이 시비를 걸어온 것이다.

"오빠, 뭐하러 사 준다고 했어? 안 사 준다고 했어야지! 으이그, 분해!"

유선이 걸어가다 말고 몸을 부르르 떨었다. 태승은 그런 유선의 머리를 쿵 하고 쥐어박았다.

"아얏, 왜 때려!"

"너 때문에 다른 가족들까지 욕을 먹잖아, 이 녀석아."

남들에게는 어른스러운 모습을 보이지만, 가족들과 있을 때에는 이제 갓 관례를 치른 소년다운 천진한 모습을 보이는 태승이었다.

"큰형님께서 안 계시니 네 말투가 아주 방종해졌구나. 도대체 무슨 생각으로 까부는 거냐?"

유선은 소량을 편하게 대하면서도 무서워했다. 누구보다 인자한 소량이었지만 한 번 화나면 할머니보다도 무섭게 굴었던 것이다.

그런 소량이 사라지자 유선의 태도가 막나가기 시작했다. 성품이 그릇된 편은 아니라 예를 갖출 줄은 알지만, 수틀린다 싶으면 말괄량이 기질이 고스란히 드러나 버리고 만다.

"그러고 보니 할머니께서 사라지신 이후로 아무도 학문을 가르쳐 주질 않았구나."

"어, 언니가 가르쳐 주는데."

유선이 순식간에 기가 죽어 눈치를 보았다.

학문을 닦기를 죽기보다 싫어하는 유선이었다.

"너라면 껌뻑 죽는 영화 누님이 꾸중 한 번 제대로 했을까."

할머니나 소량이 꾸중하는 쪽이라면 영화는 달래주는 쪽이었다. 갓난아기 때부터 업어 키워온 것 때문에 유선에게는 유독 약한 영화였다.

"안 되겠다. 마침 며칠간은 신양상단에서 머무를 참이니 너, 나하고 책을 좀 읽자."

유선의 표정이 새카맣게 죽었다.

바로 위 오빠긴 하지만, 만만하기는커녕 식구들 중 가장 꼬장꼬장한 사람이 바로 넷째 오빠였다. 그런 넷째 오빠에게 학문을 배우게 되었으니 큰일도 이런 큰일이 없다.

유선이 우울한 얼굴로 조용히 걸어가자 잠시 침묵이 흘렀다. 그래도 기질이 어디 가지는 않는지, 유선은 이내 마주 잡은 태승의 손을 흔들며 질문을 던졌다.

"그런데 정말로 저놈에게 붓 사다 줄 거야, 오빠?"

"값싼 걸로라도 구해주어야겠지. 양 학사는 저 모양이지만 사실 현령은 진짜로 청빈한 분이시거든."

물론 자식이 원하는 붓도 사다 주지 못할 정도로 가난한 건 아니었지만 말이다.

"흥! 나였더라면 무공으로 마구 때려주었을 거야. 한눈에 봐도 거만해 보이는 게, 아마 아랫사람들을 마구 괴롭히고 때리는 사람일걸!"

고아였던 시절을 기억조차 못하는 유선이었지만, 이유도 없이 사람들에게 얻어맞았던 것만은 무의식에라도 남아 있었나 보다. 유선은 불쌍한 사람을 괴롭히는 사람을 보면 유난히 참지 못했다.

태승이 미간을 잔뜩 좁히며 중얼거렸다.

"진짜 그런 사람일지도 모르지⋯⋯."

얼마 전, 건장한 사내들이 찾아와 다짜고짜 태승에게 덤벼든 적이 있었다.

양생을 해야 한다며 할머니께서 가르쳐 주신 육합권 덕택으로 무사했지만, 만약 태승이 무학을 몰랐더라면 심하게 맞아 불구가 되었으리라.

그러나 그것이 양귀여의 짓이라는 증거가 없었다.

"아직은 명분이 없다만 어떻게 수를 내긴 내야겠어."

"흥! 그놈의 명분."

유선이 '역시 고리타분해'라고 중얼거리자 태승이 쓴웃음

자각(自覺) 197

을 지었다. 무력을 쓸 때에는 반드시 그럴 만한 이유가 있어야 한다는 것을 이해하기에는 아직 어린 유선이었다.

태승은 걸음을 멈추고는 유선을 물끄러미 바라보았다.

"명분이 없어 악인을 벌하지 못하는 경우도 있긴 하지만, 정도(正道)란 그런 거란다. 내가 정당하다는 것을 납득시키지 못하면 남들의 눈에는 그냥 폭력으로만 보일 테지."

"명분을 찾느라 혼내주지도 못한다면 정도가 다 뭐람?"

"때때로 그럴 수도 있지. 하지만 공의(公儀)로서 행하려면 그것을 감수해야 해."

성리학에서는 명분을 행위의 정당성을 판단하는 기준이자 행위를 규제하는 규범으로 본다. 유학자였던 태승은 행동에는 정당한 이유와 확실한 근거가 있어야 한다고 생각했다.

반면 유선은 실리를 중시했다.

"칫, 그냥 혼내줘야지 속이 시원한데……."

"난 말이다, 재상이 되는 게 꿈이란다."

태승이 진지한 어조로 중얼거렸다.

"예와 법으로 공정하게 판단하고, 사사로운 감정이 아니라 명분을 가지고 공의로서 행하는 그런 재상 말이다. 그래서 억울하게 우는 사람들이 없게 하고 싶어."

할머니가 없던 어린 시절을 생각하던 태승이 씁쓸한 미소를 지었다. 그때는 당치도 않은 일로 참 많이 맞았었다.

"그런 내가 심증만 가지고 저자를 벌준다면 어불성설도 그런 어불성설이 없지 않겠냐."

비록 나이는 어리지만 군자(君子)의 풍모를 보이는 태승이었다. 유선이 활짝 웃으며 태승을 응원했다.

"으응. 오빠는 꼭 재상이 될 거야."

"그래, 고맙다."

태승이 피식 실소를 지었다.

별것 아닌 응원이었지만 예상 외로 큰 힘이 되었다. 믿어주는 사람이 있다는 것은 이렇게 좋은 법이다.

"하지만 난 아냐. 두고 봐! 내 저놈에게 똥물을 확 뿌려주고 말 테니까!"

"하하하!"

유선의 말을 농담이라고 생각한 태승이 크게 웃음을 터뜨렸다. 유선의 눈빛이 악동처럼 빛났다.

2

그로부터 며칠의 시간이 흘렀다.

당유회의 머릿속은 복잡하기 짝이 없었다. 이틀 전, 운학서원에서 천괴를 만났을 때의 일이 떠오른 것이다. 아니, 만났다기보다는 대화만 나누었다고 말해야 옳을 것이다.

천괴는 당유회를 어린 지네쯤으로 보며 징그러워했다.

"당염, 그 친구의 손자인가? 어린 당가의 독물이라니 무섭구나, 무서워!"

그는 신기한 듯 당유회를 관찰할 뿐 얼굴을 비춰주지 않았다. 만독불침에 이른 그였기에 독이 무서운 것은 아니었다. 그저 혐오스러워서 가까이하기가 싫은 것이었다.
그는 나무 위에 숨어 옥병 하나를 던지며 신독패를 사용한 이유를 밝혔다.

"독성의 핏줄이라면 이 독쯤은 알아낼 수 있겠지? 신독패를 주었으니 이것의 해독제나 좀 만들어다오. 참, 그런데 너도 그 두드러기를 일으키는 독을 가지고 있느냐? 있다면 나도 나눠 주지 않겠느냐?"

독성 당염이 남긴 독은 이제 남아 있지 않았지만, 있어도 아마 주지 않았을 것이다. 천괴가 그것을 멀쩡한 사람에게 먹이고 즐거워할 것 같아서였다.
'그보다 그 독은 도대체 무엇일까.'
강호에는 천음옥병(天陰玉甁)이라는 귀물이 있다.

강호에는 용기마저 녹여 버리는 극독이 있는데, 그런 독은 천음옥병에 담아야만 무사히 운반할 수 있다.

천괴가 당유회에게 던진 병이 바로 천음옥병이었다.

보통의 독이 아니라 생각한 당유회는 아주 은밀한 곳에서, 최대한 조심스럽게 그것을 열어보았다.

그리고 하마터면 중독될 뻔했다. 피독주를 물고 녹피를 꼈는데도 불구하고 독기는 지독하게 강했다.

'부시독(腐尸毒)도 무형지독(無形之毒)도 아니었어.'

당가의 소가주인 그가 알아보지 못한 독, 하지만 세상에서 가장 극악한 독이 아닐까 싶을 정도의 독기를 지닌 독.

당유회는 일단 그것을 사천으로 보내었다. 천괴가 신독패까지 소용해 가며 알아내고자 하는 독이니 필시 무슨 곡절이 있을 터, 그것부터 알아봐야 했다.

"무슨 생각을 그렇게 하세요?"

옆에서 영화가 고개를 갸웃했다.

"아아, 소저의 솜씨가 참으로 뛰어나다는 생각을 하고 있었습니다. 이렇게 훌륭할 줄은 정말 몰랐소."

평소에는 복래원에서 식사를 하던 당유회였지만 오늘만큼은 달랐다. 함께 아이들과 놀아주는데 영화가 식사를 같이 하지 않겠냐고 청한 것이다.

중원인은 손님을 접대하기를 좋아한다[好客]고 했다.

비록 모두가 모이는 외당의 식당이었지만 당유회가 온답시고 영화는 제법 정찬의 흉내를 냈다.

생선 머리가 당유회를 향해 있었는데, 이는 당유회를 귀빈으로 모신다는 뜻이었다. 가장 나이가 많은 사내인 승조의 옆자리를 내어준 것도 같은 의미였다.

영화는 주인의 의미로 문가 쪽에 앉았다.

그녀가 만든 요리는 몹시 훌륭했다. 음식을 남겨야 하는 것이 예의인데도, 남기지 않고 다 먹고 싶을 정도였다.

"특히 이 소채가 담백한 것이······."

"누이, 이것 좀 더 있어요?"

승조가 당유회의 말을 끊으며 취피계가 담긴 그릇을 내밀었다. 당유회가 찝찝한 표정을 지었지만 승조는 그를 신경 쓰지 않았다.

'사천당가와의 계약은 이미 끝났는데 알 게 뭐람.'

소가주에게 밉보여 파기당하는 수가 없는 것은 아니었지만, 이런 큰 규모의 계약은 본래 쉬이 파기할 수 있는 성질의 것이 아니다.

그래도 만에 하나의 가능성이 있을지 몰라, 승조는 크게 실수하지 않는 선에서 당유회의 움직임을 가로막고 있었다.

"그건 더 없는데. 하지만 소채는 더 있으니 가져올게요."

승조와 당유회가 왜 그러는지 몰라 눈을 굴리던 영화가 자리에서 일어나며 말했다.

간만에 집에 돌아와 사정을 모르는 태승이 이상한 얼굴로 승조의 옆구리를 쿡쿡 찔렀다. 평화로워야 할 식사 시간이 왠지 찝찝하게 느껴지는 것이다.

"작은형님, 왜 그러시는 겁니까?"

"쉿."

승조가 눈짓을 해 보이자 태승은 일단 고개를 끄덕였다. 그리고 혼자 여러 가지의 상황을 추론해 보며 승조와 당유회의 관계를 짐작해 보기 시작했다.

영화가 소채를 가져오자 당유회가 다시 저를 놀렸다.

'흐음, 왜 나를 저리 보는지 모르겠군.'

당유회의 눈이 가늘어졌다.

일찍이 시성 두보(杜甫)는 전출새(前出塞)에서 '사람을 쏘려면 먼저 말을 쏘라[射人先射馬]'는 명언을 남겼다.

당유회 본인은 아직 의식하지 못했지만, 그의 본능은 자신이 쏴야 할 말이 몹시 까탈스럽게 생겼다는 것을 잘 알고 있었다.

"요즘 신양상단 주위에 이상한 자들이 많더군."

당유회가 호의를 가장하여 말했다.

승조는 모른 척 민어 한 조각을 집었다.

"이상한 자들이라니요, 무슨 말씀이십니까?"

"…상계의 주목을 받는 상단이라 들었는데, 예상보다 허술

한 구석이 있군. 비록 무가(武家)는 아니라 하나 경계를 멈추어서는 아니 되네."

"당 대협의 염려에 감사드립니다. 근처에 나타난 자들이 있다면 아마 염탐하러 온 상인들일 것입니다. 당 대협의 말씀대로 상계의 주목을 받고 있거든요."

"무인들이었네만."

"무인들이라고요?"

승조가 얼굴을 굳히며 당유회를 바라보았다.

"그럴 리 없습니다. 몇 명의 무인을 보기는 했지만 당 대협께서 말씀하실 정도는……."

승조가 말을 하다 말고 입을 다물었다.

승조가 살던 무창은 물길이 닿아 오가는 객들이 많은 곳이었다. 포구에서 거간 노릇을 하다 보면 무인을 하루에도 수명씩 보게 마련이었다.

하지만 이곳은 무창이 아니다.

"아니, 대협의 말씀이 옳습니다. 예상보다 많군요."

"휘하의 녹혈대는 마치 사천에 온 것 같다고 말하더군."

"단주께 보고해야겠군요."

승조가 그렇게 말하며 영화를 흘끔 돌아보았다.

영화는 물론 태승의 얼굴도 새파랗게 질려 있었다. 한때 무창의 모산을 찾아왔던 무인들이 떠오른 것이다.

승조가 눈을 질끈 감았다.

'빌어먹을, 내가 안일했어. 신산자라는 별명과 함께 내 이름이 퍼져 나가는데 경계를 하지 않다니.'

근 반년 동안의 평화에 그만 방심을 하고 말았다.

신산자라는 별호가 퍼지지 않도록 애쓰던 몇 개월 전과 달리 최근엔 정보의 차단에도 주의를 기울이지 않았다.

아무리 영악한 승조라고 해도 아직 어린 나이, 경험의 부족을 숨길 수는 없는 것이다.

다시 눈을 뜬 승조가 억지로 미소를 지었다.

"설마 하니 별일 있겠습니까? 식사들 하시지요."

"무인의 숫자가 늘어났다는 것이 무슨 문제가 되는가? 설마 무림도 아닌 상계에서 무력을 동원할 리는 없을 터인데."

"가끔 그런 경우가 있습니다. 세불리하다 싶으면 정체를 감추고 암습을 하기도 하지요."

승조가 애써 태연한 척하며 어깨를 으쓱했다.

당유회가 걱정하는 영화를 흘끔거렸다.

"걱정하지 마시오. 한 번 알아볼 테……."

당유회가 말을 하다 말고 동쪽 방향을 쳐다보았다.

영화도 마찬가지였다. 마치 무언가를 느낀 것처럼 창백한 얼굴로 동쪽을 바라본다.

그때 어디선가 폭음이 울려 퍼졌다.

콰아앙—!

승조와 태승, 당유회와 영화가 균형을 잃고 비틀댔다.

식당에 있던 아이들이 울음을 터뜨렸고, 가족들과 저녁식사를 하던 행수들이 벌떡 자리에서 일어났다.

"흥!"

당유회가 콧방귀를 뀌며 가볍게 발끝을 튕겼다. 곧 당유회의 신형이 식당 밖으로 사라져 갔다.

"승조야! 아이들, 아이들을 부탁해!"

영화가 다급히 외치며 신형을 날렸다. 소량보다는 못했지만, 제법 뛰어난 구궁보의 보법이었다.

콰아앙—!

또다시 폭음이 울려 퍼지자 승조가 이를 질끈 깨물며 식당 안을 돌아보았다. 그의 시선이 어지러이 흔들렸다.

'만에 하나 우리 때문이라면……'

자신들 때문에 신양상단의 사람들이 목숨을 잃어선 안 된다. 승조는 태승에게 짐을 챙기라 외치고는 다급히 달음박질치기 시작했다.

신양상단의 단주, 이호청에게로 말이다.

신양상단은 난장판이 되어 있었다. 정문 쪽으로 무인들이 쏟아져 들어오는데, 보표로 고용한 낭인들은 그들을 상대할 생각은 않고 먼저 도주해 버렸다.
 대신 당가의 녹혈대가 그들을 막아서고 있었다.
 "받은 돈은 토해내고 갈 것이지."
 이호청이 싸늘하게 중얼거리고는 뒤를 흘끔 돌아보았다. 임자평이 어두운 얼굴로 상단의 내부를 바라보고 있었다.
 "자네가 수고를 해주어야겠네. 신양상단의 사람이라면 단 한 명도 목숨을 잃어서는 아니 될 것일세. 받은 돈이 그렇게 많은데, 설마 하니 자네도 도망치긴 않겠지?"
 "월봉이나 올려주십시오."
 그 말을 끝으로 임자평의 모습이 사라져 갔다.
 이호청은 다시금 상단을 둘러보며 한숨을 내쉬었다.
 '조부님, 조부님이 아니었으면 큰일 날 뻔했습니다.'
 이호청의 조부는 지금의 그처럼 신양상단을 전 중원을 아우르는 상단으로 키우려 시도했다. 경쟁자였던 무호상단이 불시에 습격한 까닭에 많은 목숨을 잃고 실패했지만 말이다.
 그는 죽기 직전 상단의 방비를 단단히 하라는 유언을 내렸고, 이호청의 부친은 충실히 유언을 따랐다.
 그 효과를 지금 이호청이 보고 있었다.
 "단주, 단주! 이게 뭡니까! 바닥에서부터 불길이 올라오던데, 저거 적들이 던진 벽력탄 아니었어요?"
 경공을 펼쳐 달려오던 승조가 이호청을 발견하고는 버럭

고함을 질렀다. 오는 동안 보니 뭐가 터진 것은 분명한데, 상단은 멀쩡하고 애먼 흑의인들만 죽어 있었던 것이다.

"응? 아닐세. 금자 이십 냥을 들여 마련한 화약 덕택이지."

"비싸기도 해라! 고작 저만한 화약에 금자가 이십 냥?"

승조가 이호청을 칭찬하는 대신 본능적으로 욕설을 내뱉었다. 효과를 제대로 보긴 했지만, 고작 저만한 화약에 이십 냥이라니 비싸도 너무 비쌌다.

"원대(元代)에는 그럴 수밖에 없었다, 이놈! 국법에서 금한 화약을 구하기가 어디 쉬운 줄 아느냐?"

"화약은 저게 전부입니까?"

승조가 고개를 돌리며 신양상단 전체를 바라보았다.

곧 승조의 입에서 감탄이 터져 나왔다.

입단한 지 얼마 안 된 승조의 가족과 달리, 다른 단원들은 이미 훈련되어 있는지 체계적으로 후퇴하고 있었다.

"아버님께서 금자 삼백 냥을 들여 신양상단 전체에 기관진식을 깔아두었다네. 저기 서쪽에 화약이 더 있고……."

콰아앙—!

때마침 기관이 발동되었다. 화염과 동시에 뜨거운 열기가 몰아치는가 싶더니 흑의인들이 비명을 토해냈다.

"북쪽에도 조금 깔아두었네."

또다시 폭음과 함께 화염이 일어났다. 가리키는 곳마다 화염이 일어나자 이호청의 얼굴이 확 구겨졌다.

"어떤 놈들이기에 사방에서 다 온 거야!"

"기관진식은 어떤 종류의 것입니까? 탈출로는 있는 거예요? 아니, 그보다 단주는 왜 이렇게 여유로우십니까!"

"쯧! 자네부터 진정하게. 자네가 불안해하면 자네 아랫사람들이 다 불안해하는 법이야."

이호청이 승조를 흘겨보고는 내원 중앙으로 걸어갔다.

승조가 멍하니 그런 이호청을 바라보았다.

"행수들에게 사람들을 추슬러 내원으로 오라 하게. 여차하면 탈출할 요량으로 바닥 밑에 통로를 마련해 두었다네."

그것은 그냥 비밀통로가 아니었다. 통로를 지나간 후 건너편에서 기관을 발동시키면 그야말로 죽음의 함정이 된다.

이호청이 승조를 바라보며 미소 지었다.

"금자 칠백 냥짜리지."

승조가 기가 막힌다는 표정을 지었다.

하지만 결코 나쁜 느낌은 아니었다.

승조는 절망으로 가득 찬 채 뛰어왔던 조금 전과는 달리, 밝은 얼굴로 신양상단에 뛰어들었다.

'과연, 돈에는 장사가 없구나!'

무림과 인연이 없기에 신양상단의 무력은 보잘것없었다. 그냥 평범한 장원이라고 말해도 과언이 아니리라.

하지만 돈의 힘은 무서웠다. 금자 천오백 냥가량을 들인 신양상단은 용담호혈이나 다름이 없었다. 수십, 아니, 백 명이 넘는 규모의 습격을 아무렇지도 않게 견뎌내는 것이다.

소량은 내원으로 도망치는 단원들의 숫자를 파악하려 애쓰며 정문 쪽을 흘끔 바라보았다.

당유회가 녹혈대와 함께 일전을 벌이는 것이 보였다.

3

당가의 녹혈대가 펼친 독로대진(毒路大陣)은 공세로 일관했다. 가끔 동쪽이나 서쪽, 북쪽을 통해 폭발에서 살아남은 흑의인들이 들어오긴 했지만, 그들의 수가 적은고로 독로대진은 오로지 정문으로만 향해 있었다.

하지만 그리 오랜 시간이 걸리지 않아 점점 복래원 쪽으로 후퇴한다. 무위는 녹혈대가 월등히 높았지만 수적인 열세를 극복할 수는 없었던 것이다.

피리릭—!

가장 앞에 선 당유회가 가볍게 손끝을 떨치자 호접비가 기성을 내며 허공을 유영했다.

마인 하나가 발악하듯 검을 휘둘렀지만 호접비는 살아 있는 것처럼 그것을 피해냈다.

추혼비접(追魂飛蝶)이라!

"커허억!"

마인 하나의 목을 베어낸 호접비가 다시금 당유회에게로 돌아왔다.

당유회는 그것을 받아 드는 즉시 가볍게 손끝을 떨쳤다. 산(散)이 흩어지지도, 환(丸)을 던지지도 않았는데 독기에 중독된 것처럼 마인 두 명이 쓰러졌다.

'진 소저는 무사할까?'

도대체 왜일까?

전투와 어울리지 않게, 당유회는 영화를 떠올렸다. 그녀가 무사할지, 그녀가 아끼는 아이들은 무사할지 걱정이 되었다.

"커헉, 커허억!"

당유회가 양손을 어지러이 떨치며 뒤로 물러나자 덤벼들던 마인 세 명이 몇 걸음 걷다가 쓰러졌다.

대기 중에 퍼지면 금세 효력을 잃지만, 중독되었다 하면 살아날 수 없는 칠보단혼산(七步斷魂散)을 하독한 것이다.

그때, 왼편에서 불안한 목소리가 들려왔다.

"신산자 진승조부터 찾으라니, 그게 무슨 소리입니까? 이호청, 그자를 찾아야지요!"

어설프게 복면을 착용한 흑의인 하나가 초조한 듯 발을 동동 굴렀다. 떠드는 모양새가 귀찮았는지, 그 앞에 서 있던 수염이 삐죽하게 돋은 거한이 그의 목을 턱 잡았다.

"우리가 좋아서 너희 사해상단과 연합한 줄 아느냐?"

"커헉!"

"진승조라는 자가 먼저다. 그와 그 가족들을 먼저 찾아내고 난 후에 너희의 소원을 들어주마. 알았느냐?"

쐐애액—!

허공에서 무언가 쏟아지는 소리가 들리더니 날카로운 비도가 두어 자루 거한에게로 다가왔다. 거한은 등 뒤에서 도끼 하나를 꺼내 들어 그것을 튕겨내었다.

그냥 튕겨내는 것이 아니었다.

"칫!"

비도가 살기를 머금고 자신에게로 돌아오자 당유회의 신형이 허공에 솟구쳐 오르더니 세 번이나 회전했다.

"호호호, 당가의 소가주로군."

"호부(號斧)를 보니 그대가 누구인지 알 것 같구려. 백호귀부(白虎鬼斧) 가용후(價龍吼), 귀하가 여기에는 어쩐 일이오?"

백호귀부 가용후는 하남의 마인으로 피를 마시고 사람을 잡아먹길 즐긴다고 알려진 자였다.

무위는 정도의 명숙만 못해도 신법 하나는 귀신같이 빨라 개방의 장로인 만리풍(萬里風) 고형조(高瑩趙)도 그를 잡지 못했다고 한다.

"독보강호하는 것도 질려서 말일세. 이제 나도 슬슬 자리를 잡을 때가 되었거든. 흐흐."

그와 동시에 호부가 춤을 추었다.

면이 사람 몸통만 한 커다란 도끼인데, 무겁지도 않은지 한 손으로 잡고도 아무렇지도 않게 휘두른다.

도끼가 울음을 토해내며 시퍼런 기운을 뿜어냈다.

채채챙—!

당유회가 암기를 수십 개를 쏟아내며 뒤로 물러났다.

그와 동시에 여러 가지 독을 하독하는데, 신선폐(神仙斃)와 오독탈명단(五毒奪命丹) 등이었다.

순식간에 십여 초식을 쏟아 보낸 백호귀부가 흐흐 웃었다.

"당가가 있는 줄 뻔히 아는데 피독주를 마련하지 않았겠느냐?"

당유회가 쏟아부은 독이 절독 중의 절독이었던고로, 피독주도 온전히 효과를 발휘하진 못했다. 백호귀부는 최대한 빨리 당유회를 제압하고 해독제를 얻고자 했다.

백호귀부가 순식간에 다섯 초식을 연달아 펼쳤다.

"으음!"

도끼가 머리카락 몇 올을 자르고 지나가자 당유회가 신음을 토해냈다.

백호귀부가 사이하게 웃으며 살기를 가득 끌어올렸다. 알고 보면 방금의 초식은 허초였던 것이다.

"죽어라, 이놈!"

사천당가의 소가주이긴 했으나 당유회의 나이는 아직 어렸다. 강호의 늙은 생강이나 다름없는 백호귀부가 작정하고 속임수를 펼치자 당유회는 꼼짝없이 당할 수밖에 없었다.

'빌어먹을.'

당유회는 죽음의 순간에서도 끝까지 도끼를 직시했다.

그래서 그는 영화가 나타나는 것을, 그녀가 긴 소매를 휘둘러 도끼를 휘감아 버리는 것을 똑똑히 볼 수 있었다.

'지, 진 소저?'

터터텅-!

소매가 마치 살아 있는 것처럼 일렁이며 도끼를 두어 번 치자 도끼의 궤적이 완전히 바뀌었다.

영화가 재빨리 뒤를 돌아보며 말했다.

"괜찮나요, 당 공자?"

당유회는 그 모습이 선녀 같다고 생각했다. 청명한 기세가 더해지자 그녀가 평소보다 배는 아름답게 보였다.

무엇보다 그 눈빛이 맑고도 맑다.

'흔들림이 없는 눈이로구나.'

당유회는 이제야 자신이 흔들린 이유를 깨달았다.

그는 겉과 속이 다른 사람이었다. 당가의 소가주로 살면서

보고 배워온 모든 것이 그를 그렇게 만들었다. 그것에 괴로워하면서도 당유회는 자신을 바꾸지 못하였다.

하지만 그녀는 달랐다. 가식이라고는 없는 솔직한 눈으로 세상을 바라본다. 명문의 규수 같은 현숙한 모습도, 가끔 보이는 엉뚱한 모습도 모두 그녀의 진심이었다.

혹시 그녀와 함께라면 나도 바뀔 수 있지 않을까?

자신을 속이지 않고도, 스스로를 온전히 내보이면서도 세상을 살아갈 수 있지 않을까?

저렇게 맑은 눈과 함께라면…….

"하하하!"

생사의 간극에 서 있음에도 당유회가 웃음을 터뜨렸다. 더 이상 자신의 마음을 몰라 혼란스러워할 일은 없으리라.

그래, 나는 연모의 정에 빠졌다.

"정인(情人)이 있소, 진 소저?"

영화는 대답 대신 소매로 백호귀부의 도끼를 막아갔다. 당유회에 비견해도 그녀의 무위는 결코 부족하지 않았다.

"없다면 내가 후보가 되고 싶소만."

당유회가 맑은 목소리로 말했다.

第八章
기연(奇緣)

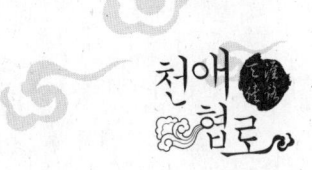

1

 영화의 얼굴이 순식간에 붉게 달아올랐다. 이렇게 직접적인 구애는 받아본 적이, 아니, 아예 상상해 본 적도 없었다.

 하물며 지금은 전투 중이 아닌가!

 "농담은 나중에 하셔야 할 거예요, 당 공자."

 "농담이 아니라 진심… 뒤쪽!"

 영화의 뒤에서 흑의인 하나가 달려오는 것을 본 당유회가 버럭 고함을 질렀다. 실전 경험이 한 번도 없었던 영화는 피하는 대신 멍하니 뒤를 돌아보는 실수를 저질렀다.

백호귀부가 웃음을 터뜨리며 뛰어들었다.

"흐흐흐. 얌전히 있어라, 이년! 순순히 잡히면 내 극락으로 보내줄 테니."

터엉—!

당유회가 쌍장으로 백호귀부의 도끼를 후려쳤다.

"조심하세요!"

뒤에서 덤벼든 흑의인을 피해낸 영화가 대경하여 당유회에게 외치고는, 풀쩍 뛰어 그의 뒤를 막아갔다. 그에게도 다른 흑의인이 뛰어들고 있었던 것이다.

본의 아니게 연수합격을 하게 된 꼴이었다.

그것은 당유회에게는 결코 기분 나쁜 일이 아니었다.

마치 연습한 것처럼 당유회의 초식에 맞춰오는데, 대개는 배려하듯 초식을 펼치면서도 어느 순간에는 고집스레 그를 이끌어간다.

"상단(上段), 첩풍(疊風)!"

당유회의 외침에 영화가 가볍게 양팔을 휘둘렀다. 소매가 너울너울 허공을 수놓으며 흑의인의 단전을 후려쳤다.

그녀가 그 상태로 왼발을 축으로 삼아 빙그르르 회전하자 당유회가 그녀의 등을 맞대고 반원을 그리며 넘어갔다.

"커헉!"

그와 동시에 영화의 뒤를 노리던 흑의인이 피를 토하며 쓰러졌다.

당유회는 예상보다 훨씬 손발이 잘 맞는다는 것을 느끼고는 작게 감탄사를 터뜨렸다.

영화 역시 비슷한 기분이었다. 비무 한 번 해본 적 없고, 함께 수련해 본 적도 없는 사람과 이렇게 쉽게 합격을 할 수 있을 줄은 몰랐다.

당유회와 영화가 마치 춤을 추듯 전장을 노닐었다.

그렇게 몇 초식이 지났을까.

"큰누이, 당 대협! 후퇴하세요! 녹혈대도 이쪽으로 오셔야 합니다!"

멀찍이서 승조의 목소리가 들려왔다. 고개를 돌려보니 승조가 내원의 본관 건물의 문틀에 손을 기댄 채 버럭버럭 고함을 지르는 것이 보였다.

"후퇴하라니까요!"

"지금 갈게!"

승조를 믿고 있는 영화가 먼저 몸을 날렸다.

영문을 몰랐지만 당유회도 별다른 말 없이 그 뒤를 쫓았다. 그들의 뒤쪽에 있었던고로, 녹혈대의 움직임은 더 빨랐다.

"후우—"

멀찍이서 초조하게 바라보던 승조가 허리춤에 매달린 자

루에서 비도를 몇 개 꺼내더니 바닥에 내리꽂았다.

녹혈대원들이 이상하다는 듯 승조를 바라보았지만 그는 괘념치 않았다.

승조는 계속 비도를 바닥에 꽂으며 고함을 질렀다.

"서둘러, 누나!"

존댓말을 할 겨를이 없어 반말로 외치는 승조였다.

무학은 몰라도 신법만은 쫓아올 자가 없다고 했던가!

백호귀부가 노호성을 터뜨리며 영화와 당유회의 바로 뒤를 쫓아왔다.

'바로 지금!'

당유회와 영화가 스쳐 지나가는 즉시 승조가 마지막 비도를 땅바닥에 꽂았다. 백호귀부가 잠깐 주춤하더니 당황한 듯 고함을 질러댔다.

"진법?!"

어릴 적부터 잡서 수십, 수백 권을 읽어왔던 승조였다. 그리 뛰어난 진법가는 아니었지만, 승조는 짧은 시간 안에 태을진(太乙陣)을 펼치는 데 성공할 수 있었다.

본관 건물 안에 들어선 영화와 당유회, 그리고 녹혈대가 거세게 숨을 들이켜며 승조를 바라보았다.

"어떤 개잡놈이 방해를 하느냐!"

밖에서 백호귀부의 노호성이 들려왔다.

"저 진법은 얼마나 버틸 수 있나?"

"오래 버티진 못할 겁니다."

승조가 짧게 대답하며 문틀 너머의 장치를 누르자 본관 건물의 문 위에서 커다란 쇠판이 내려와 바닥에 부딪쳤다.

철컹!

승조는 문이 봉인되자마자 한쪽 방향으로 일행을 안내했다. 영화와 당유회, 녹혈대가 얼른 그 뒤를 쫓았다.

"이쪽으로!"

승조는 달려가며 벽면의 여기저기를 눌렀다. 그때마다 벽에서 기음이 들려왔는데, 모두 기관이 발동하는 소리였다.

그때, 백호귀부가 쇠판을 두드리는지 굉음이 울려 퍼졌다.

그 뒤로 백호귀부의 욕설이 들려왔다.

"이 쥐새끼 같은 놈들!"

터엉—!

백호귀부가 쇠판을 날려 버리는 것과 동시에, 무언가가 바람을 가르며 쏟아지는 소리가 들려왔다.

영화가 깜짝 놀라 뒤를 돌아보니 백호귀부에게로 화살이 비처럼 쏟아지고 있었다.

"금자 몇백 냥이더라? 여하튼 비싼 기관이랍니다! 돌아보지 말고 달려요, 큰누이!"

기연(奇緣) 223

그렇게 외치며 단주의 집무실에 뛰어든 승조가 가주의 책상에서 무슨 장치를 눌렀다.

바닥이 푹 꺼지더니 어두운 통로가 보였다. 통로에 뛰어든 다음에도 승조는 계속 기관을 발동시켰다.

"크아악!"

"기관, 기관이다! 조심해!"

등 뒤에서 계속 비명 소리가 들려왔다.

통로를 달려가는 동안에도 비명 소리는 가까워졌다 멀어지기를 반복했는데, 적이 하나의 기관을 뚫고 들어오면 새로운 기관이 발동하곤 했기 때문이었다.

반 각을 달렸을 때에야 마침내 통로의 끝이 보였다. 어두운 통로의 끝으로 빛이 비치는가 싶더니, 달빛 가득한 야산이 모습을 드러내는 것이다.

먼저 나와 영화와 당유회, 녹혈대가 통로를 빠져나오기를 기다리던 승조가 그들이 모두 나오자마자 장치를 눌렀다.

철컹!

쇠판이 내려와 통로의 입구를 가려 버렸다.

"허억, 허억!"

잔뜩 지친 일행이 하나같이 거칠게 숨을 토해내었다. 내력이 약한 승조의 얼굴은 특히 창백하게 질려 있었다.

통로 밖에서 걱정스러운 얼굴을 한 신양상단의 상인들이 다가왔다.

이호청이 대표로 질문했다.

"모두 괜찮으시오?"

"그럭저럭은 괜찮은 것 같소. 괜찮으시오, 진 소저?"

당유회가 짧게 대답하며 영화에게로 다가가 괜찮은지 물었다. 숨을 돌린 당문기와 녹혈대는 딱딱한 얼굴로 그런 소가주의 안위를 확인했다.

"저는 괜찮아요."

영화는 긴장이 풀렸는지 어깨를 늘어뜨렸다.

수많은 사람들 사이로 무거운 침묵이 흘렀다.

중상을 입은 가장을 바라보는 가족들의 흐느끼는 소리를 제외하면 완벽한 정적이라고 말해도 좋으리라.

승조는 신경질적으로 흙바닥에 주저앉았다.

"빌어먹을, 염병할, 젠장할, 제길!"

죽은 사람은 없다시피 했지만 중상을 입은 사람은 많았다. 승조는 자신의 가족들 때문에 이런 참사가 생겼다는 생각을 저버릴 수가 없었다.

승조는 짜증 섞인 태도로 이마를 쓸다가 영화와 태승, 신양상단의 사람들을 번갈아 돌아보았다.

'다친 사람은 많은데 우리는 무사하군. 제기랄! 다행이라고 해야 하는 건가?

승조가 그렇게 스스로를 자책할 때였다.

이호청이 승조를 바라보며 말했다.

"자네가 불안해하면 자네 아랫사람들이 모두 불안해한다고 하지 않았던가? 마음을 추스르게."

"모두 저 때문입니다. 모두 저 때문이라구요."

승조가 고개를 떨어뜨리며 말했다. 그 상태로 얼굴을 감싸 쥔 승조가 마음을 정리하려는 듯 작게 심호흡을 했다.

그렇게 해도 마음은 별반 정리되지 않았지만 말이다.

"자네 때문이라… 오늘 우리를 습격했던 자들이 모산에서 자네의 가족들을 습격했던 자들이었나?"

승조가 벼락을 맞은 듯 몸을 떨었다. 이호청은 뒷짐을 진 자세로 물끄러미 그런 승조를 내려다보았다.

승조가 믿을 수 없다는 눈으로 천천히 고개를 들었다.

"…알고 계셨습니까?"

"자네는 단주를 너무 우습게 보는 경향이 있어."

이호청이 혀를 끌끌 찼다.

하긴 그리 틀린 말은 아니었다. 백성들 돕기를 즐겨하는 단주를 존경하긴 했지만, 승조는 그를 일개 장사꾼으로 여기고 있었던 것이다.

하지만 지금은 아니었다.

평범한 단주로만 보였던 이호청이 이제는 기인이사처럼 느껴졌고, 익숙하게 여겼던 신양상단이 낯설게만 느껴졌다.

"사람을 받아들이기 전에 조사를 하는 것은 기본 중의 기본이라네."

이호청이 무심한 어조로 말했다.

승조를 받아들이기 전, 이호청은 무창에 사람을 보내어 그의 주변을 먼저 살펴보았다.

그 결과, 그가 살고 있던 모산에서 혈사가 있었다는 것과 그들이 도망치듯 집을 떠났다는 것을 알 수 있었다.

정보가 있으니 그들이 쫓기고 있다는 것을 짐작하는 것은 그리 어려운 일이 아니었다.

그럼에도 불구하고 승조를 받아들인 건, 소소한 원한쯤이야 돈으로 누를 수 있다고 생각했기 때문이었다.

"이렇게 규모가 큰 무리들에게 쫓기고 있을 줄은 몰랐네. 아마 알았다면 결코 자네를 받아들이지 않았을 것이야. 임 호위는 그들이 혈마곡이라고 하더군."

이호청이 소매에서 패 하나를 꺼내어 던졌다.

전투 중에 임자평이 얻은 패였는데, 다섯 개의 빗금과 두 개의 곡선으로 이루어진 표식이 그려져 있었다.

"혈마곡이라고요?"

이호청이 아무 말 없이 고개를 끄덕였다.

승조를 쫓는 무리가 혈마곡이라는 것을 알았을 때, 이호청은 고민없이 그를 버리려 했었다. 휘하의 목숨을 생각해야 하는 이호청으로서는 어쩔 수 없는 선택이었다.

"사실 지금도 당장 자네를 내치고 싶지만……."

이호청이 당가의 소가주를 바라보았다. 그냥 신양상단만 습격을 받았다면 중립을 취하는 모양새라도 취해볼 텐데, 사천당가가 함께 습격을 받았으니 이제는 어쩔 도리가 없다.

이호청이 한숨처럼 몸을 돌렸다.

"죄책감을 느끼거든 그만큼 일을 더 열심히 하게. 이제부터 거리낌없이 부려먹을 테니 그리 알고. 쯧, 금자 이천 냥이 눈 깜짝할 사이에 날아갔군."

"단주님."

승조가 뒤로 걸어가는 이호청을 불렀다. 이호청은 '이 녀석이 또 왜 이러나' 하는 표정으로 뒤를 돌아보았다.

고개를 떨어뜨린 채 머뭇거리던 승조가 조그마한 목소리로 말했다.

"고맙습니다."

"월봉 깎을 거야."

이호청이 헛헛하게 웃으며 그렇게 말할 때였다.

"승조야, 승조야……."

영화가 눈물이 잔뜩 고인 얼굴로 승조에게로 다가왔다. 영화의 뒤에는 당유회가 걱정스러운 얼굴로 서 있었고, 그 옆에는 넋이 나간 얼굴로 태승이 머리를 쥐어뜯고 있었다.

영화가 넋이 나간 얼굴로 중얼거렸다.

"어떻게 해?"

"왜 그러십니까, 큰누이?"

불안해진 승조가 얼른 자리에서 일어났다.

영화가 다리에 힘이 풀린 듯 털썩 주저앉았다.

"유선이가, 유선이가 없어."

승조의 머릿속에 번갯불이 번쩍였다. 가슴이 철렁 내려앉는 듯했고 귀에서 이명이 들려왔다. 막내 유선이 없다니 이게 무슨 소리인가! 유선이 신양상단을 빠져나오지 못하고 죽음을 맞았을지도 모른다는 생각을 하자 절망감이 가득 몰려들었다.

'아니야, 그럴 리가 없어. 내가 직접 신양상단의 후퇴를 관장했다. 유선이는 없었어.'

어쩌면 유선이는 외출을 한 걸지도 모른다. 만약 그 덕택에 화를 피한 것이라면 더할 나위 없이 기쁘리라.

승조는 영화의 눈에 눈물이 차오르는 것을 멍하니 바라보다가 아랫입술을 질끈 깨물었다. 누구 한 사람이라도 정신을 차려야 한다. 지금은 그 사람이 자신이어야 했다.

"내가 직접 후퇴를 지휘했어요, 큰누이. 외출을 했는지 상단에 유선이는 없었어요. 유선이는 무사할 테니 누이는 걱정 말아요."

절망감으로 따지면 영화 못지않은 승조였지만, 그는 억지로 불안감을 감추며 단호하게 말했다.

"일단 믿을 만한 자를 찾아 형님께 서신을 보내고… 그리고… 유선이는 내가 꼭 찾는다니까, 누나! 그러니까 울지 마!"

답답해진 승조가 버럭 고함을 질렀다. 어쩌면 그것은 영화에게 하는 말이 아니라 자신에게 하는 말일지도 몰랐다.

영화가 힘없이 고개를 끄덕이며 얼굴을 감싸자, 승조가 절망감 속에서 눈을 질끈 감았다.

2

유선은 신이 난 듯 콧노래를 흥얼거렸다. 당 대협인가 하는 사람이 오는 바람에 가족들 전부가 분주해졌고, 그 덕택에 들키지 않고 신양상단을 빠져나올 수 있었던 것이다.

"하늘이 도와 손님을 보내준 덕에 나는 들키지 않았다네, 들키지 않았다네! 나는 운도 좋다네!"

얼토당토않은 노래를 흥얼거리던 유선이 가져온 통을 바

닥에 내려놓고는 코를 감싸 쥐었다.

"으이그, 구린내."

어제 낮에 시전 구경을 간다고 해놓고 몰래 빠져나와 미리 퍼두었던 인분이 지독한 냄새를 풍겨냈다.

유선은 양귀여가 자주 다니는 길목을 둘러보고는 인분이 몸에 묻지 않도록 조심하며 근처의 담벼락으로 올라갔다. 어찌나 조심했는지 올라가는 데만 적지 않은 시간이 걸렸다.

그다음은 기다릴 차례였다.

'똥물을 뿌리고 난 다음엔 할머니에게 배운 보법으로 열심히 도망가야지.'

유선은 아이답게 달리다 넘어지지만 않으면 무사히 도망칠 수 있을 것이라는 자신만만한 생각을 하고 있었다.

'내가 경신의 공부를 배울 때에는 우리 큰오빠도 날 잡지 못했었다구.'

그것이 소량이 봐주었기 때문이라는 것도 모르고 유선이 키득키득 웃었다. 양귀여가 이 길로 오지 않을지도 모른다는 생각은 조금도 하지 않는 유선이었다.

정말로 하늘이 유선을 돕고 있는지, 얼마 되지 않아 양귀여가 하인들과 함께 걸어왔다.

그는 태승이 싸구려 붓을 사오면 '나는 그런 부탁을 한 적

기연(奇緣) 231

이 없다'고 조롱할 생각으로 고급스러운 붓과 벼루를 마련해 오던 참이었다.

"이번에야말로 그 개같은 자식을 운학서원에서 쫓아내고 말겠다."

"헤헤, 그럼요. 도련님께서는 능히 할 수 있을 것입니다."

"이번에도 실패하면 살수라도 고용할 생각이다. 알아들었느냐? 네가 나 대신 준비를 좀 해다오."

내내 굽실거리던 하인의 표정이 딱딱하게 굳었다.

덜 여문 사내의 자존심이란 어찌 이리도 하찮은지!

고작 자존심 싸움에 살수를 고용하려 하는 모습이 어처구니가 없었다. 하지만 목구멍은 염라사자보다도 무서운 법, 하인은 또다시 굽실거리기 시작했다.

"한 번 알아볼 테니 염려하지 마시지요. 음? 그런데 어디서 구린내가 나지 않습니까?"

양귀여가 걸음을 멈추고는 코를 킁킁거렸다.

"으음."

양귀여의 호위무사가 한 걸음 앞으로 나서더니, 기감을 돋워 주위의 인기척을 찾아보았다. 어린아이 한 명의 기척 외에는 아무것도 느껴지지 않았다.

"아무도 없는 것 같······."

"흥! 이 누나가 있는데 아무도 없긴!"

계집아이의 목소리와 함께 무언가가 쏟아졌다. 호위무사가 번개처럼 발검하며 쏟아지는 것을 베어나갔다.

나무통이 잘리며 인분이 사방으로 비상했다.

"어이쿠, 에퉤퉤!"

"크아, 냄새가……!"

호위무사 덕분에 인분은 널리널리 퍼져 나갔다. 하인들은 물론 양귀여도 인분을 뒤집어쓰고 말았다.

담벼락 위에서 유선이 당당하게 모습을 드러냈다.

"군자인 척하지만 속내는 구리기 짝이 없으니, 공자 왈 맹자 왈 읊어봐야 개소리나 다름없는 것 아니겠어? 세상에는 똥을 먹는 개도 있다고 하니 너희에겐 똥이 딱이다! 이 누나가 주는 교훈을 잘 듣고 앞으로는 사람들을 도우며 살도록 해, 알았지?"

말을 마친 유선이 담벼락 아래로 뛰어내려 도도도 달려가기 시작했다. 나름대로 경신의 공부를 펼쳤는지 어린아이치고는 속도가 제법 빠르다.

하지만 아무리 그래도 어른의 걸음을 이길 수는 없는 법이다. 금방 목덜미를 잡힌 유선의 표정이 새파랗게 질렸다.

"놔줘! 놔달라고, 이 자라 같은 놈아!"

"이 아이입니다, 도련님."

호위무사가 유선을 흙바닥에 내팽개쳤다.

하마터면 똥물에 몸을 담글 뻔했던 유선이 화들짝 놀라 자리에서 일어났다.

"진가 놈의 여동생이로군."

유선을 알아본 양귀여의 입가에 미소가 떠올랐다.

"이제야 명분을 찾았구나. 진가 놈도 이런 일이 벌어진 것을 알면 내게 엎드리지 않을 수 없을 것이다. 공자께서는 너그러움이야말로 군자의 도리라 하셨지만 나는……."

"너처럼 나쁜 놈이 공자니 맹자니 떠드는 것을 보니 그 사람들도 별것 아니구나!"

혈마곡의 무인들에게 잡혀서도 기가 죽지 않았던 유선이 고작 호위무사 한 명에 소심해질 리가 없다.

겁이 덜컥 나긴 했지만 유선은 애써 당당한 척 어깨를 펴고 빽빽 고함을 질렀다.

양귀여가 기가 막힌다는 듯 헛웃음을 지었다.

"네가 감히 서원 앞에서 공자를 욕하느냐?"

"공자가 뭐 대수라고! 우리 오빠처럼 말에 얽매여서 아무것도 못하는 바보를 만들거나 너처럼 말을 이용하는 악당을 만들 뿐인데! 나는 백 번도 천 번도 욕할 테다!"

"말로 해서는 아니 될 년이로구나! 끌고 가거라! 아버님은 물론 스승님까지 모셔 이 아이를 훈계해야겠다!"

양귀여가 그렇게 외치자 하인들이 잔뜩 화가 난 얼굴로 유선의 목덜미를 잡아 당겼다. 유선이 놓으라고 외치며 나름대로 배운 무공으로 반항해 보았지만 어림도 없었다.

그들이 그렇게 두세 걸음을 걸었을 때였다.

"풉, 푸하하!"

뒤에서 커다란 웃음소리가 들려왔다. 양귀여와 하인들, 호위무사가 미간을 찌푸리며 뒤를 돌아보았다.

흰 수염을 그럴듯하게 늘어뜨린 풍채 좋은 노인이 배를 잡고 웃는 것이 보였다. 찢어지거나 하지는 않았지만, 흙먼지가 잔뜩 묻은 추레한 마의를 입은 노인이었다.

노인의 등에는 길쭉한 무언가가 천에 쌓여 걸려 있었다.

"너희들은, 푸하하!"

노인이 무어라 말하려다 말고 배를 두드리며 웃었다.

세상에 이렇게 재미있는 일이 없다는 듯이 웃어대던 노인이 잠시 뒤 너무 웃어서 복근이 당긴다는 표정을 지었다.

"너희들, 너희들은… 똥이 묻었구나!"

"이 정신 나간 노인장이……!"

비웃음을 당한 양귀여가 이를 뿌드득 갈며 호위무사에게 턱짓을 해 보였다. 호위무사가 가볍게 고개를 끄덕이고는 살기를 일으키며 노인에게 걸어갔다.

"내 생에 이렇게 재미난 건 처음 본다! 아이야, 아이야. 이런 생각을 하다니 너는 참으로 영리하구나!"

노인이 가볍게 손을 휘저었다.

놀랍게도 유선의 신형이 허공에 둥실 떠오르더니, 공중을 스르르 미끄러져 노인의 앞으로 나아갔다.

"헉!"

"허, 허공섭물!"

양귀여는 비명을 질렀고 호위무사는 경악한 듯 신음을 토해냈다. 그들로서는 상상도 못할 재주인 것이다.

노인은 유선을 앞에 내려다놓고는 호기심 어린 얼굴로 눈을 빛냈다. 몸이 허공을 날아가는 무서운 경험을 한 유선이 몸을 부들부들 떨었다.

'어, 어떻게 해. 요괴 영감인가 봐.'

할머니는 한 번도 헛되이 내공을 발출한 적이 없어 이런 경험은 처음인 유선이었다.

유선은 눈을 질끈 감고는 '나쁜 짓을 하지 않았으니 벌을 주지는 않을 거야'라고 중얼거렸다.

"똑똑한 아이야. 저 아이들에게 해준 말을 내게도 해주지 않으련?"

"무, 무슨 말을요?"

"공자의 말에 얽매여 아무것도 못하는 바보라거나, 그를 이용하려는 악당들이라거나 하는 이야기 말이다."

유선은 두려움 가득한 시선으로 노인을 바라보기만 할 뿐 입을 열지 못했다. 노인이 어서 들려달라는 듯 채근하자 유선이 어깨를 움츠리며 조그맣게 속삭였다.

"우리 오빠는 바, 바보처럼 명분에 얽매여서 못된 놈들을 혼내주지 않았어요. 그, 그래서 내가 대신 혼내주러 온 거예요."

"그럼! 명분 따위에 얽매이면 바보나 다름없지. 하면 공자도 별것 아니라는 말은 무엇이냐?"

"저 사람은 공자의 말을 많이 배웠지만 여전히 심술궂고 못됐으니, 공자도 별것 아닌 것 같아서……."

"네 말이 옳도다!"

노인이 감탄을 터뜨렸다. 그리고 거듭 유선을 재촉하는데, 그 태도가 현인(賢人)을 모시고 가르침을 받는 제자와 같다.

처음엔 무서워했던 유선도 점점 신이 났다.

요괴 영감이긴 했지만 때리지도 않고 겁주지도 않고 다만 이야기를 청할 뿐이다. 그렇다면 마음껏 들을 수 있게 이야기를 해주면 그만이 아닌가!

"물에 빠진 사람을 구하려면 먼저 물에 뛰어들어야 하지, 명분 따위나 찾고 있을 수는 없잖아요? 하지만 공자의 말을 따르는 이들은 하나같이 멍청해서 그렇게 하고 말아요!"

"그렇지, 그렇지!"

기연(奇緣) 237

노인이 박수를 치며 즐거워하자 신이 난 유선이 제자리에서 깡충 뛰며 외쳤다.

"공자의 말을 이용해 악행을 하는 사람도 많은데, 그들은 세 치 혀를 놀릴 줄 알아서 악당이 아닌 척해요. 공자의 말이 도구로 이용될 뿐이니 그도 책임을 져야 할 거예요!"

유선은 어린아이답게 여기저기서 주워들은 것을 아무렇게나 지껄이고 있을 뿐이었다. 하지만 유선의 말은 노인의 사상과도 일맥상통하는 데가 있었다.

노인의 이름은 도무진(陶無盡)이라 하는데, 본래 학문을 닦는 선비였다. 학문도 뛰어났지만 무재는 더욱 뛰어났던 그는 훗날 무림에 뛰어들게 되었는데, 삼십 년도 되지 않아 지극한 경지에 이르러 강호의 어리석은 무인들을 비웃었다.

하지만 그가 진정으로 원하는 하늘 끝에는 이루지 못했다. 숙(熟)한 이후에는 반드시 생(生)하여야 하는데 얽매임에서 벗어나지 못한 것이다.

"내 이런 곳에서 지음(知音)을 만났구나! 나도 너처럼 생각했더라면 진즉 하늘 끝에 닿았을 텐데, 하나를 생각하면 둘이 떠올라 얽매이고, 둘에서 벗어나면 셋이 떠올라 얽매였지 뭐냐?"

노인이 생각에 잠긴 얼굴로 중얼거리다가 이내 주름진 얼굴로 활짝 웃었다.

"그래서 얽매이지 않으려 애를 쓰다 보니 세상이 참으로 재미있어지더구나. 마음이 내키면 장난도 치고, 세상이 우스우면 조롱도 할 수 있으니 얼마나 좋으냐! 그 좋은 걸 모르고 살았으니 내가 멍청이지, 내가 멍청이야!"

노인이 무릎을 치며 껄껄 웃었다.

서원 앞에서 공자를 욕하는 데도 양귀여나 하인들, 호위무사는 꼼짝도 하지 못했다.

노인이 태산보다 거대하게 보인 탓이었다.

양귀여는 오줌을 지리다가 주춤주춤 뒤로 물러났다.

"으아악! 요괴다, 요괴야!"

양귀여를 비롯한 하인들이 비명을 지르며 뒤로 달려갔다. 이제는 노인이 별로 무섭지 않은지, 유선은 그들 쪽으로 몇 걸음 달려가 맹랑하게 고함을 질렀다.

"다음에 또 우리 오빠 괴롭히면 아예 똥물에 빠뜨려 버릴 테다! 알아들었어?"

휘이잉—

대답 대신 차가운 바람이 불어왔다.

도대체 어째서인지, 양귀여가 있을 때보다 기온이 한참은 내려간 듯한 느낌이 들었다.

노인은 그 바람이 신기한지 소처럼 눈을 끔뻑이며 주위를 둘러보다가, 활짝 웃으며 박수를 짝 쳤다.

기연(奇緣) 239

"내 지음을 만났으니 신기한 것을 보여주마!"

"뭔데요?"

"땅놀이[地孀]라는 것인데, 정말 재미있어!"

노인이 등 뒤에서 길쭉한 것을 꺼내더니 천을 풀었다. 묵철로 만든 검은 장창이 곧 모습을 드러내었다.

노인은 유선을 품에 안듯이 서서는 장창을 거꾸로 들었다. 그리고 유선의 단풍잎 같은 손을 잡아 장창에 올려준다.

"나를 쫓아온 것인지, 너를 쫓아온 것인지는 모르겠지만 근처에 악당들이 있구나. 그 사람들이 나오거든 나와 함께 이걸 바닥에 쿡 찌르자꾸나."

"그러면 어떻게 되는데요?"

호기심이 생긴 유선이 눈빛을 반짝반짝 빛냈다.

"허! 아주 재미있는 일이 벌어지지. 그렇지 않으냐, 혈마곡의 잡졸들아?"

노인이 그렇게 중얼거리며 흘끗 옆을 돌아볼 때였다.

"뭐라고 하는 것이냐, 이 미친 늙은이야! 정체가 무엇인지는 모르겠으나 오만방자하기 짝이 없구나!"

어둠 속에서 청수한 인상의 학사가 나타나 두 자루 관관필을 휘두르며 노인을 공격해 왔다. 그 뒤로 스물은 족히 넘을 듯한 흑의인들이 모습을 드러냈다.

유선은 그들의 복장에서 반년 전의 과거를 떠올렸다. 저런 복장의 흑의인들에게 납치당했던 과거를.

그때, 노인이 조그맣게 속삭였다.

"찔러보아라."

유선이 고개를 끄덕이고는 장창에 힘을 주었다. 같이 장창을 쥔 노인이 그것에 힘을 실었다.

그러자 놀라운 일이 벌어졌다.

쿠쿠쿵—!

굉음이 울려 퍼지는가 싶더니, 유선이 서 있는 곳을 제외한 반경 십오 장의 땅이 한 치나 움푹 파였다. 근처의 담벼락이 산산조각나 우르르 무너지는 소리가 들려왔다.

마치 개미를 눌러 죽이는 것처럼, 하늘에서 거대한 기운이 내려와 땅을 짓눌러 버린 것이다.

청수한 인상의 학사는 물론 혈마곡의 무인들 역시 거대한 내력의 힘을 이기지 못하고 바닥에 짓눌리고 말았다. 유선은 몰랐지만, 그들은 창을 찌르는 순간 절명한 상태였다.

강호 동도들이 이 흔적을 본다면 크게 경악하고 말리라. 흔적만 봐도 도천존과 비견해도 결코 부족하지 않은 놀라운 무위가 펼쳐졌음을 알 수 있는 것이다.

노인이 자랑스럽게 말했다.

"어때, 재미있지 않느냐?"

"으아앙! 언니, 영화 언니!"

기연(奇緣) 241

유선이 창을 놓으며 바닥에 주저앉아 울음을 터뜨렸다.

노인이 당황한 표정을 지으며 유선과 시신들을 번갈아 바라보았다. 아이에게는 너무 충격적인 장면을 보여주었다는 것을 뒤늦게 깨달은 노인이 어쩔 줄 몰라 허둥지둥댔다.

"어이쿠, 무서웠느냐? 무서워하지 않아도 된다, 아이야! 사실 이게 얼마나 재미있는 것인데!"

"영화 언니, 승조 오빠… 으아앙!"

유선은 노인이 펼친 무위 때문에 우는 것이 아니었다. 물론 충격적인 장면이긴 했지만, 그보다는 흑의인들이 언니와 오빠들에게 갔을까 봐 걱정이 되어 울음을 터뜨린 것이다.

"그래, 창 놀이를 가르쳐 주랴? 이래 봬도 남들이 잘한다고 몇 번이나 칭찬해 준 놀이란다! 해보면 얼마나 재미있는지 아마 시간 가는 줄 모를 게다!"

노인이 어찌할 바를 모르며 말했다. 그 긴 세월을 살면서도 우는 아이를 한 번도 달래본 적이 없는 노인이었다.

"아무리 재미있어도 가족이 없으면 무슨 소용이란 말이야, 으아앙!"

자신에게 어떤 기연(奇緣)이 닿았는지 모르는 유선은 다리를 바동거리며 울음을 터뜨렸다.

"가족이라?"

"흑, 흐흑. 저 사람들이 우리 언니랑 오빠들에게도 갔으면 어떻게 해!"

노인의 눈에 이채가 스쳐 지나갔다. 그렇지 않아도 유선에게서 느껴지는 기운이 익숙했던 그였다. 너무나 익숙한 무공, 평생 잊을 수 없는 무학의 흔적이 묻어났다.

하지만 그보다는 당황이 더 컸다.

"우, 울지 마라. 내가 네 언니와 오빠들에게 데려다 줄 테니. 너는 어디에 사느냐?"

"신, 신양상단."

"신양상단이라? 내 며칠 전에 가본 적이 있지. 금방 도착할 테니 두고 봐라."

노인이 유선을 안고는 가볍게 신형을 날렸다. 유선은 화들짝 놀라 주위를 둘러보았다. 주변의 풍경이 보이지도 않을 정도로 빠르게 바뀌어가는 것이다.

놀란 유선은 조금씩 울음을 멈추었다.

하지만 신양상단에 도착하자마자 또다시 울음이 터지고 만다. 신양상단은 불바다가 되어 열기만 뿜어내고 있는 것이다. 사방을 둘러봐도 인기척이 느껴지질 않는다.

"영화 언니, 승조 오빠! 태승이 오빠!"

품에서 내린 유선이 울면서 새된 목소리로 고함을 질렀다. 목소리를 듣고 오빠가 나와주기를 기대하면서 말이다.

기연(奇緣) 243

"이런, 일이 복잡하게 되었구나!"

당황한 노인이 소처럼 눈을 끔뻑였다.

생각해 보면 그가 해독제를 만들어 달라 부탁한 당가의 소가주도 이곳에 머무르고 있지 않았던가!

바닥에 시신이 늘어서 있는 것을 본 노인이 다시 유선을 안았다. 마의로 감싸 유선의 눈을 가린 노인은 격전의 흔적과 시신들의 얼굴을 살펴보았다.

"오빠! 오빠―!"

공포에 질린 유선이 새된 비명을 질렀다. 할머니가 떠난 후로 형제들이 세상의 전부였던 유선에게 지금의 일은 자신의 죽음과도 같은 충격이었다.

그렇게 얼마나 지났을까.

"착한 아이야, 착한 아이야. 대부분의 시신이 흑의를 입고 있는 걸 보면 상단 사람들은 무사히 도망친 것 같구나. 걱정하지 않아도 되겠다, 응?"

유선은 노인의 말을 믿지 못해 계속 울음을 터뜨렸다. 노인이 초조한 듯 유선의 등을 두드렸다.

"그래, 이러면 어떻겠느냐? 살아만 있다면 네 언니와 오빠들을 꼭 만나게 해주겠다고 약속하마. 이래 봬도 나는 한 번 약속한 것은 절대 어겨본 일이 없단다."

유선은 형제들을 찾아준다는 말에 정신을 차린 듯 노인을 올려다보았다.

"할아버지가, 혹, 어떻게?"

"천괴라는 별명으로 자주 불리긴 하지만… 달리는 창천존(槍天尊)이라고 불리는 나다. 내가 마음먹어 하지 못할 일은 세상에 별로 없지."

겨우 울음을 그친 유선의 모습에 노인, 아니, 창천존이 함박웃음을 지었다.

第九章
유랑(流浪)

1

혈마곡이 신양상단을 습격한 후로 석 달의 시간이 흘렀다.

강호는 신양상단의 습격에 신경을 기울이지 않았다. 남궁세가가 습격당했다는 소문이 들불처럼 퍼졌기 때문이었다.

조정에서도 사안을 심각하게 여겼는지, 도독이 직접 찾아와 남궁세가를 둘러보았다는 소문이 돌았다.

혈마곡의 칼날이 황제를 노릴 것임을 알고 있으면서도, 조정은 여전히 무림맹이 혈마곡을 제압해 주길 기대했다.

애초에 일월신교와 혈마곡을 제압하기 위해 창설된 무림맹이니 제 역할을 해주기를 기대하는 것은 당연한 일이었다.

두 달 전, 동창제독이 무림맹을 찾았다. 그는 혈마곡의 발호가 지방 민란 수준을 넘어서면 안 될 것이라고 경고했고, 무림맹주는 그에 대한 응답으로 대회합을 소집했다. 마침내 혈마곡의 발호가 공식적으로 선포된 것이다.

그렇게 정보를 수집한 결과 놀라운 사실들이 밝혀졌다.

가장 먼저 무림의 하늘이라는 구파일방 중 곤륜이 멸문지화를 입었다. 장로 몇과 일대제자 몇이 살아남았을 뿐, 본산도 비급도 모두 잃어버리고 말았다는 소식이 전해졌다.

남궁세가가 습격을 받은 지 한 달이 되던 날, 화산파도 암습을 받았다고 한다. 곤륜처럼 몰락하지는 않았지만 그들의 손해 역시 막심했다.

강호는 그렇게 혼란 속에 빠져들었다.

그 시간 동안 소량은 신양현으로 가는 여정에 올랐다.

동생들이 걱정되는 까닭에 소량은 잠을 잘 때를 제외하고는 계속 경공을 펼쳤다. 신년(新年)도 길거리에서 맞이했다. 정히 지칠 때는 돈을 주고 마차를 빌려 그 안에서 쉬었다.

그렇게 짬이 날 때면 소량은 홀로 무학을 연마했다. 짐마차를 얻어 탄 지금도 소량은 태룡과해를 떠올리고 있었다.

'아무리 해도 제대로 흉내낼 수가 없다.'

소량은 도천존과 대화를 나눌 당시를 떠올렸다. 그때는 그럭저럭 태룡과해의 초식을 흉내냈던 것 같은데, 그 이후부터는 한 번도 제대로 펼쳐 본 적이 없었다.

 소호촌에서는 그저 내기를 폭발시켰을 뿐이었고, 남궁세가에서 펼친 태룡과해는 마인의 도법으로 변질되고 말았다.

 '그때는 어떻게 흉내낼 수 있었던 걸까?'

 곰곰이 생각해 보니 무언가를 알 것도 같다.

 당시 도천존은 기세로 소량을 가두어두면서 오직 한 가지 길만 열어두었다. 기세에서 벗어나려면 그 길을 따라갈 수밖에 없었는데, 그것이 바로 태룡과해의 초식이었다.

 '알고 보니 도천존께서 직접 가르쳐 주신 셈이었구나.'

 소량은 그때의 기억을 떠올리며 수도를 구불구불하게 움직여 앞으로 뻗어나갔다. 기파가 앞으로 뻗어나가기는커녕 사방으로 흩어진다. 이번에도 실패인 셈이었다.

 몇 번을 더 꼼지락거려 보던 소량이 고개를 홰홰 저었다. 너무 몰입하다 보니 오히려 전체를 조망하기 어려웠다.

 '그리고 고모님께서 가르쳐 주신 초식은……'

 소량이 위기에 처했을 당시, 진운혜는 몇 가지 구결로 한 가지 초식을 전수해 주었다. 이름을 물어보지 못해 어떤 검법인지는 모르겠지만 몹시 뛰어난 무학이었다.

 소량은 진운혜가 알려준 구결을 중얼거렸다. 그와 동시에 소량의 손이 나비처럼 허공을 수놓았다.

 마치 태극검처럼 끝없이 원을 그리는 듯한데, 각각의 원이 합쳐져 한 가지 선을 그린다.

방어가 중첩되면서 점점 공격으로 바뀌는 것이다.

'어쩐지 알 것 같기도 하다. 이렇게 하는 건가?'

소량이 가볍게 손을 뒤틀었다.

스으윽―

종잇장 비벼지는 소리와 함께 소량의 손끝에 경력이 실렸다. 초식을 쫓아 하다 보니 자연스럽게 태허일기공의 내공이 일어난 것이다.

태허일기공의 기운은 마차의 짐칸 벽면을 꿰뚫었다.

"어, 어이쿠!"

소량이 당혹스러운 표정을 지었다.

마차를 몰던 마부가 깜짝 놀라 고함을 질렀다.

"뒤에서 도대체 무슨 짓을 하는 게요! 뭔가가 부서진 것 같은데! 그 안에 실린 것은 귀중한 차란 말이오!"

"죄, 죄송합니다. 마차에 구멍이 뚫렸습니다."

"구멍?"

마부가 워워, 소리를 내어 말을 세우더니 자리에서 내려와 짐칸으로 향했다. 짐칸에 앉아 있던 소량이 머쓱한 표정을 지으며 자신이 뚫어버린 구멍을 가리켰다.

마부의 얼굴이 붉으락푸르락해졌다.

"잠시 쉬었으면 좋겠다고 타더니, 쉬다 못해 심심했나 보오? 안에서 이런 장난을 치다니."

 작은 칼로 일부러 구멍을 내놓은 듯한 모습에 마부가 투덜거렸다. 짐이 부서지지 않았으니 괜찮았지만, 구멍을 메우는 귀찮은 짓을 해야 한다는 생각에 마부의 얼굴이 구겨졌다.

 소량이 머쓱한 표정으로 고개를 꾸벅 숙였다.

 "그렇지 않아도 제법 기운을 회복한 참입니다. 저기, 얼마 되지 않지만 이것으로 구멍을 메우세요."

 소량이 구리돈 조금을 내어놓자 마부의 표정이 풀렸다.

 소량은 다시 한 번 그에게 목례해 보이고는 '먼저 갑니다'라고 중얼거리며 관도가 아닌 산으로 길을 옮겼다. 공연히 놀라게 하기 싫어 함부로 경공을 펼치지 않는 소량이었다.

 마부의 시선이 사라지자 소량의 신형이 앞으로 쇄도했다.

 이제 머지않아 신양현이었다.

 '설마 늦은 것은 아니겠지?'

 늦지 않았을 거라고 되뇌어보아도 초조함은 사라지지 않았다. 영화의 환한 미소와 승조의 불퉁한 얼굴, 태승의 침착한 모습과 유선의 장난기 어린 눈동자가 스쳐 지나갔다.

 '늦지 않았을 것이다. 늦지 않았어.'

 소량이 기도하듯이 간절하게 되뇌었다.

 신양현에 도착한 소량은 길을 걷던 상인을 붙잡고 길을 물어보았다. 상인이 찝찝한 얼굴로 소량을 훑어보았다.

"신양상단이라면 서쪽 끝에 있소. 한데 이미 잿더미가 되어버린 곳을 무슨 이유로 찾으시오?"

"잿더미라니……?"

고맙다고 인사하려던 소량의 얼굴이 딱딱하게 굳었다. 상인이 이상하다는 시선으로 소량을 바라보며 설명했다.

"석 달 전에 웬 도적놈들이 신양상단에 침입했다오. 펑펑 뭐가 터지는 소리가 들리기에 나가보니 큰불이 나 있었지. 시신도 부지기수로 나왔다던데… 헉!"

이번에는 타인의 시선을 신경 쓸 여유가 없었다.

소량의 신형이 픽 꺼지듯 사라지자 상인이 깜짝 놀라 비명을 토해냈다.

소량은 미친 사람처럼 서쪽을 향해 달음박질 쳤다.

'아니다, 아닐 것이다.'

심장이 쿵쾅쿵쾅 뛰는 것과 동시에 귀에서 이명이 들려왔다. 눈앞이 새하얗게 변하는 듯한 기분도 들었고 머리가 어질어질하게 변하는 것도 느낄 수 있었다.

'아닐 거야, 그럴 리가 없다.'

그리 오래 지나지 않아 소량은 신양상단에 도착할 수 있었다. 당장에라도 무너질 듯 휘청거리는 숯이 되어버린 건물들이 보였고, 바닥에 깔린 검은 재가 보였다.

휘이잉—

어디선가 차가운 바람이 불어왔다.

"여, 영……."

소량이 넋이 나간 얼굴로 비틀거렸다. 무어라 말하려 했는데 목소리가 나오지 않는다. 공연히 입술만 달싹이던 소량이 잠시 뒤 잔뜩 쉰 목소리로 중얼거렸다.

"영화야……."

소량은 멍한 표정으로 주위를 둘러보며 버드나무 쪽으로 걸음을 옮겼다. 소량은 몰랐지만, 그곳은 영화가 앉아 큰오빠와 할머니가 돌아오길 기다리던 곳이었다.

"승조야."

소량은 다리에 힘이 풀린 듯 주저앉았다.

"태승아, 유선아."

도대체 이게 무언가!

할머니는 기억을 잃어버리고 말았고, 동생들이 있던 곳은 잿더미가 되어버리고 말았다. 단 일 년 사이에 세상의 모든 불행이 함께 찾아온 것만 같았다.

"살아 있는 거지?"

허공에 대고 말해보았지만 대답은 없었다.

소량은 또다시 동생들의 얼굴을 떠올렸다. 동생들에게 해주고 싶었던 것도 떠올랐다.

영화를 시집보내고, 승조에게 집을 사주고, 태승은 서원에

유랑(流浪) 255

보내주고, 유선은 다 자랄 때까지 하고픈 것을 다 하게 해주고 싶었는데 그럴 수 있는 기회가 사라져 버리고 말았다.

"살아 있지?"

소량이 텅 비어버린 눈으로 허공을 바라보았다. 지금 이것이 현실이라는 실감이 나지 않았다.

절망감과 동시에 분노가 차올랐다.

'시신이 많았다고 했다.'

영화와 승조, 태승과 유선의 경우엔 연고자가 없으니 관에서 시신을 수거해 갔을 것이다. 시간이 제법 지났으니 지금쯤은 매장을 했을 것이고 말이다.

'관에 가서 시신을 매립한 곳을 알아낸 후, 시신의 얼굴을 확인해야 한다. 만약 그 안에 동생들의 얼굴이 있다면……'

반드시 복수한다.

소량이 핏발 선 눈으로 살기를 일으키며 신양상단의 폐허를 바라볼 때였다. 등 뒤에서 낯선 인기척 하나가 느껴졌다.

인기척은 무학을 모르는 사람처럼 입구를 서성거리다가 조심스럽게 소량에게 다가왔다.

'누구지?'

소량은 천천히 검병에 손을 가져갔다. 무학을 모르는 사람처럼 보이더라도 방심할 수는 없었다.

'혈마곡의 마인인가?'

그렇게 생각하자 역설적으로 살기가 가라앉았다. 머리가 냉철해지며 작금의 상황을 판단하기 시작한 것이다. 주화입마에 빠졌을 때와 달리 살기를 조절할 수 있는 소량이었다.

마침내 바로 뒤까지 인기척이 다가왔다.

차릉—

소량이 신형을 번개처럼 뒤로 돌리더니 출검하여 나타난 이의 목을 겨누었다.

"으헉!"

인기척의 주인은 어떤 중년 사내였다. 농사꾼이었는지 얼굴이 새카맣게 그을린 데다 주름이 자글자글한 자였는데, 눈을 질끈 감고 다리를 사시나무 떨듯이 떨어댄다.

"사, 살려, 살려……."

소량이 멍한 표정을 지었다. 아무리 봐도 무학을 익힌 자가 아니거니와, 악의를 품고 다가온 것 같지도 않다.

소량은 얼른 검을 치워 수검했다.

"죄송합니다. 어르신은 누구십니까?"

"후아아—"

중년 사내가 거칠게 기침을 토해내더니 자리에 주저앉았다. 소량의 살기 때문에 심장이 멎는 줄 알았던 것이다. 그는 쿵쾅쿵쾅 뛰는 가슴을 달래려 거칠게 심호흡을 했다.

"어르신은 도대체 누구십니까?"

소량이 조급한 어조로 질문했다.

멋모르는 사람을 함부로 공격했다는 생각에 죄책감이 들긴 했지만, 조바심이 더 컸던 것이다.

"저는 진승조라는 분이 보내셔서 왔습니다요."

겨우 진정한 중년 사내가 말했다.

소량은 심장이 철렁 내려앉는 것을 느꼈다.

믿을 수 없다는 듯 중년 사내를 바라보던 소량이 그의 어깨를 움켜쥐었다.

"제, 제 동생의 이름은 어떻게 아십니까? 살아 있습니까? 지금 어디에 있는지 아십니까?"

겁을 먹고 소량을 바라보던 중년 사내가 소매에서 작은 서신 하나를 꺼내어 조심스럽게 건넸다.

소량은 얼른 그것을 받아 들고는 정신없이 펼쳐들었다.

소량 형님 보십시오.

다급한 상황이라 길게 적지 못합니다. 신양상단에 머물고 있었으나 정체 모를 이들에게 습격을 받았습니다. 큰누이와 태승이는 저와 함께 있지만 유선이는 실종되었습니다. 지금 찾고 있습니다. 무사히 서신을 받거든 하지(夏至) 말후(夏至)에 응천부(應天府)의 계명사(鷄鳴寺)로 오십시오. 서신이 무사히 전달되길 바랍니다.

─승조

소량이 장탄식을 토해냈다.

"살아 있었구나, 살아 있었어!"

"저는 이제 가도 되겠습니까?"

중년 사내가 조심스럽게 소량을 바라보며 말했다. 소량은 미안한 표정으로 일어나 다시 한 번 머리를 숙여 보였다.

"은혜를 입었습니다. 감사합니다."

"아니요, 저야말로 이제야 보은한 것을요."

중년 사내가 어색하게 미소를 지었다.

수해가 났던 탓에 작년의 농사는 흉년이었다. 굶어죽는 자가 부지기수로 나올 것이라고 짐작하는 사람도 많았다.

하여 승조는 월봉으로 받는 은자 삼십 냥을 모아 곡물을 사서 백성들에게 풀었다. 중년 사내도 그때 보리를 받았는데, 그 덕택에 겨울을 무사히 보낼 수 있었다.

은혜를 갚기 위해, 중년 사내는 매일 신양상단을 기웃거렸다. 신양상단을 불태워 버린 악당들이 다시 올지도 모른다는 생각에 겁이 덜컥 났지만 꾸욱 참고 용기를 내었다.

"그럼 저는 가보겠습니다요."

중년 사내가 거듭 인사하고는 먼저 자리를 비웠다.

"다행이다, 정말 다행이야."

소량이 다시금 서신을 읽어보았다.

승조는 영악하기 짝이 없었다.

황상께서 천도를 계획하고 있다고는 하지만, 응천부는 아직도 정치와 경제의 중심지다. 천하의 혈마곡도 응천부에서 난리를 부리지는 못할 것이다.

승조는 혹여 서신이 다른 자의 손에 넘어갈까 두려워 자신에게 연락할 방도도 만들어두지 않았다.

약속된 장소에서 기다렸다가 소량이 나타나지 않거나, 다른 자가 나타나면 그길로 숨어버릴 참이었던 것이다.

"문제는 유선이로구나."

영화와 승조, 태승이 살아 있다는 것에 기뻐하던 소량의 얼굴이 금세 어둡게 변해갔다.

유선이 죽었을지 모른다고 생각하자 가슴이 저며왔다.

"죽었다면 모두 죽었겠지. 살아 있을 가능성이 크다."

소량은 서신을 움켜쥐고는 잠시 허공을 바라보았다. 유선을 찾으려면 어찌해야 하는지 생각을 정리해 보는 것이다.

오래지 않아 소량은 진운혜의 말을 떠올릴 수 있었다.

"남궁세가의 무인을 파견할 수 있다면 좋겠지만 세가에 여력이 남아 있지 않구나. 호광성의 무림맹 지부에 부탁해 신양상단을 살펴보게 하마. 네가 먼저 동생들을 만날지, 무림맹의 지부가 먼저 동생들을 만날지 모르겠으나 둘 다 시도해 보는 것이 좋을 것이다."

 소량의 눈에 이채가 떠올랐다.
 '호광성의 무림맹 지부!'
 무림맹의 지부라면 혈마곡의 흔적을 알고 있을지도 모른다. 동생들을 습격한 것이 혈마곡이 분명하다면, 그들을 추적해서 사라진 유선의 흔적을 찾아내야 한다.
 절망에 사로잡혀 있던 조금 전과 달리, 소량의 가슴이 흥분으로 뛰기 시작했다. 유선이 혈마곡에 잡힌 것이라는 확신이 없으면서도 소량은 서둘러야 한다는 조급함을 느꼈다.
 "살아 있어야 한다, 유선아."
 소량의 신형이 작은 중얼거림만 남기고 사라졌다.

2

 그로부터 며칠이 지났을까.
 신양현에서 가장 가까운 무림맹의 지부는 호광성이 아니라 하남성에 있었다. 무림맹 정양(正陽) 지부였는데, 소량은 보름의 시간을 달려 먼저 그곳으로 향했다.
 소호촌에서의 일 이후로 어지간하면 정체를 밝히지 않던

소량이었지만, 이번만큼은 이름은 물론 별호까지 밝혔다.

정양지부에 한바탕 난리가 났다. 천애검협이라면 당금 강호에 모르는 이가 없는 협객으로, 태행마도의 목을 베어내고 도천존의 삼 초식을 받아낸 고수라고 했다.

거기에 더해서, 소호촌에서 사람들의 목숨을 구하기 위해 혈인이 되어가며 싸운 의인이라는 소문도 돌았다.

정양지부에서 한사코 머물다 가라고 청했지만 소량은 혈마곡의 흔적을 알지 못한다는 말을 듣자마자 바로 정양을 떠났다. 다만 진유선이라는 사람의 흔적을 보면 연락해 달라는 것만은 잊지 않았다.

그로부터 한 달하고도 보름의 시간이 흐른 후, 소량은 당하(唐河)지부를 거쳐 남양(南陽)에 당도했다. 남양지부의 지부장도 소량을 감탄의 눈으로 보기는 마찬가지였다.

"혈마곡의 흔적은 저희도 알지 못합니다. 어린아이들이 실종되었다는 소식이 있어 화마(火魔)의 흔적을 발견한 줄 알았는데, 신도문(神刀門)의 권역이니 그럴 리가 없고······."

남궁세가에서 혈마곡의 마인들에 대한 정보를 읽은 적이 있던 소량이 눈을 빛냈다.

'어린아이의 실종이라?'

화마 감사영(甘寫映)의 화마공은 어린아이의 생기를 취함으로써 완성된다. 소량은 그것이 혈마곡의 흔적일지도 모른다고 추측했다. 아니, 어쩌면 그러기를 바랐는지도 모른다.

소량은 그길로 남양지부를 나서 대별산(大別山)으로 향했다. 근 반년 간을 쉬지 않고 유랑하는 셈이었지만 소량은 조금도 쉴 생각을 하지 않았다.

나전현에 도착해서도 마찬가지였다. 소량은 휴식이라는 단어를 모르는 사람처럼 쉴 새 없이 나전현을 뒤졌다. 보름여가 지난 지금도 소량은 화마의 흔적을 찾고 있었다.

"후우—"

문수객잔(文殊客棧)에 자리를 잡은 소량이 계사면 한 그릇을 주문했다. 그가 찾고 있는 사람이 이곳에 있다는 소식을 들었기 때문이었다.

'실종된 아이들이 열둘. 나전현에서 세 명, 아홉 명은 근처 촌락에서 사라졌다.'

사라진 아이는 그것보다 더 많았다. 끔찍한 흉년에 자식을 팔아버리는 부모가 많았는데, 그렇게 사라진 아이들도 지금의 실종과 연관이 있을 것 같았다.

마치 누군가가 돈을 주고 아이를 데려가다가, 혈마곡의 혈란 이후로 아이를 납치한 것만 같았다. 점점 아이들을 납치하는 주기가 빨라지고 있기도 했다.

'저 사람은 언제 아이를 잃은 걸까.'

소량이 차가운 눈으로 우측을 주시했다. 아이를 잃은 어느 아버지가 그의 옆자리에서 화주를 들이켜고 있었다.

누군가 화주를 따라주며 그를 위로했다.

"자식은 땅이 아니라 가슴에 묻는다 했지만… 에이, 자네는 가슴에도 묻지 못하고 있지 않나! 산 사람은 살아야지, 빚까지 져가며 술을 마시면 어떻게 해!"

나전현은 최근 흉흉하기 짝이 없었다. 아이들이 열둘이나 실종된 것으로도 모자라, 관에서 세를 올려 받는다는 소문이 돌았던 것이다. 흉년이었던 까닭에 곡물의 수요가 부족했지만, 관은 상부에 올릴 세가 부족하다는 이유를 들어 철벽같은 태도를 고수하고 있었다.

"그래, 염병할! 산 사람은 살아야지. 자식이 죽어도 산 사람은 살고, 당장 내일 먹을거리가 없어도 산 사람은 살아야지!"

사내가 울분에 가득 차 외쳤다.

또 다른 누군가가 끼어들어 참견했다.

"그럼 차라리 호적(戶籍)을 옮겨 이곳을 뜨든가."

"빌어먹을, 관에서 허락이나 해주겠나? 에이, 개 같은 세상! 도망쳐 녹림도가 돼서 칼질이나 해볼까."

"쉿, 녹림도라니. 신도문에서 들으면 어쩌려고 그러나."

소량의 머릿속에 신도문이 떠올랐다. 신도문의 문주는 단혼신도(斷魂神刀) 곽채선(廓彩善)이라는 자였는데, 검기성강의 경지에 이른 고수라 했다.

 '내 비록 강호경험은 짧지만 언뜻 본 것만으로도 신도문의 체계는 잘 잡혀 있었다. 마치 남궁세가처럼 말이다.'

 신도문의 권역은 넓고도 넓어 지방의 문파들을 아우른다. 대별산 주위로 일종의 소무림이 형성되었다 말해도 과언이 아니었다. 신도문은 머지않아 신도방(神刀邦)이라 불리게 되리라.

 그렇게 규모를 확장하면서 신도문은 규율과 법도를 새롭게 하고, 또한 엄격하게 했다.

 삶에 지친 백성들 중에 녹림도가 되는 자가 많이 나오자 관을 도와 백성들의 이동을 관리하는 일에도 끼어들었다.

 "신도문이고 나발이고! 내 새끼 잃었는데 알 게 뭐야!"

 사내가 신경질적으로 자리에서 일어났다.

 "개 같은 세상! 내자(內子:아내) 먹일 식량도 뺏어가고 자식들도 뺏어가는구나! 주위가 굶어가도 사람들은 오불관언(吾不關焉:나는 그 일에 관여치 아니함)할 뿐 주변을 신경 쓰지 않는다! 너희들! 너희들은 내 새끼 잃는데 와서 뭐했어? 내자가 굶어죽어 갈 때 뭐했냐고!"

 소량은 사내의 심정을 이해할 수 있었다.

무창의 하통에서도 춘궁기가 오면 굶어죽는 사람이 부지기수였다. 하통을 도와주는 사람은 아무도 없었다. 할머니가 없었다면 소량 역시 동생들과 함께 굶어 죽고 말았으리라.

소량은 눈을 질끈 감았다.

"묻노니, 협이란 무엇인가?"

'저는 아직도 잘 모르겠습니다, 단 대협.'

민초들과 같은 곳에 있었기에 그들을 이해할 수 있었다. 역지사지(易地思之)라, 그들에게 자신을 대입시킬 수도 있었고, 그래서 도울 수 있다면 반드시 돕고 싶었다.

하지만 아이의 실종에는 도움을 줄 수 있을지 몰라도, 관이 개입한 세금 문제만큼은 어찌할 수가 없다. 소량은 유가의 대의를 알지 못했고 조정에 관여할 힘도 의지도 없었다.

소량은 그저 일개 무인에 불과했다.

마음이 괴로워진 소량이 눈을 질끈 감을 때였다.

"이봐, 세상이 다 그런 거야. 세상이 자식을 잡아먹어도 내 자를 잡아먹어도 우리 같은 무지렁이야 별수가 있나? 알고 보면 세상은 살아가는 게 아니라 견뎌내는 거야."

누군가의 말이 소량의 심장을 파고들었다.

관에 아이들을 찾아달라 발고했다가, 그들이 움직이지 않자 절망한 어미가 있었다. 그녀는 몸을 팔아 자식을 구할 낭인(浪人)을 고용할 돈을 얻고자 했다. 돌림병으로 시모와 남편을 잃은 그녀는 마지막 남은 유복자마저 잃어버리고 만 것이다.

생각해 보면 세상이란, 삶이란 그렇다. 일개 개인의 몸으로는 세상을 바꾸지도, 세상에 대항하지도 못한다.

'유선을 찾는 데 집중하자.'

소량은 도천존의 질문을 떠올리지 않으려 애썼다. 유선을 생각하자 혼란스러움이 사라지고 정신이 또렷해졌다.

'최근 들어 아이들이 실종되는 속도가 빨라졌다. 매인(賣人)하는 자들의 짓인지, 혈마곡의 짓인지 모르겠으나 머지않아 누군가 움직일 거야.'

소량은 계사면을 우겨넣고 방에 올라갔다.

밤이 깊어가자, 소량은 나전현에서 가장 높은 곳을 찾아 그 위에 올라가 가부좌를 틀고 앉았다. 내력의 소모가 극심하긴 했지만, 소량은 내력을 펼쳐 나전현을 감시했다.

그것은 몹시 지난한 일이었다.

벌써 보름째 이런 일을 반복하고 있었는데, 소득이라고는 아무것도 없었다. 대신 추억이 떠오르는 때가 많았다. 할머니와 함께 무창에서 살던 때가 떠올랐고, 할머니가 오기 전에 아이들과 함께 뭉쳐 살던 슬픈 과거가 떠올랐다.

'살아 있는 것이겠지, 유선아?'

처음 갓난아기를 보았을 때 소량은 아이를 무시하려 애썼다. 영화와 단둘이 살고 있을 즈음이었는데, 그때는 그들의 목숨을 구명하는 것조차 힘들었다. 아기를 데려가 봐야 살 방도는 없을 것이라 생각했다.

살려고 그랬는지 그때 아기가 소량의 옷자락을 붙잡으며 환하게 웃었다. 마빠빠, 하고 칭얼대기도 했다. 그게 유선과의 첫 만남이었다.

훗날 유선의 얼굴을 볼 때 소량은 가끔 겁에 질리곤 했다. 그럴 리가 없을 것이라는 것을 알면서도 유선이 혹시 그때를 기억하고 있는 게 아닐까, '오빠는 나를 그냥 죽게 두려고 했지?'라고 묻는 건 아닐까 무서웠다.

'오빠가 미안하구나. 엄마 대신도 되어주고 아빠 대신도 되어주겠다고 약속했는데.'

나무장에서 실컷 얻어맞고 동냥을 하러 갈 당시, 갓난아기인 유선을 떼어놓고 갈 수 없어 업고 갔었다. 잠시 내려놓고 유선과 함께 '먹을 것 좀 주세요' 하는데 유선이 사라졌다.

알고 보니 아이를 업고 가는 어느 여인을 쫓아 어른 걸음으로 서너 발자국 정도를 기어간 것이었다.

그게 제 어미인 줄 알았는지 유선은 울면서 되도 않는 발음으로 '엄마'라고 중얼거렸다.

도대체 그 말은 언제 배운 걸까. 한 번 입 밖에 내본 적도 없는데, 말해볼 일이 없는 단어인데.

'살아 있어야 한다, 유선아. 오빠가 비단옷도 사주고 예쁜 당혜도 사줄게.'

소량이 그렇게 생각하며 눈을 질끈 감았다.

아무런 소득도 없이 슬픈 추억만 걷는 시간이 어느새 끝나가고 있었다. 어느새 동이 터 오르는 것이다.

초봄에 이르러 이제 날이 따듯해질 때인데도 소량은 지독한 추위를 느꼈다. 말 그대로 혹한(酷寒)이었다.

第十章
화마(火魔)

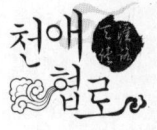

1

그렇게 이십여 일이 더 흘렀다.

소량은 낮에는 마을을 훑으며 정보를 모으고 밤에는 잠을 자는 대신 가장 높은 건물에 올라 주위를 감시했다. 한 달이 다 되도록 흔적을 찾지 못하면 다시 무림맹 지부들을 돌며 혈마곡의 흔적을 찾아 헤맬 생각이었다.

그로부터 오 일 정도가 더 지났을 무렵이었다.

짙은 절망감 속에서 주위를 감시하는데, 어디선가 낯선 인기척이 느껴졌다. 너무 옅은 기척이라 소량은 그것이 산짐승의 것인 줄 착각을 할 뻔했다.

하지만 저잣거리 한가운데 산짐승이 나타날 리가 없다.
'잡은 건가.'
스으윽—
소량이 가볍게 신형을 떨치자 종잇장 비벼지는 소리가 났다. 혹여 정체를 들킬까 두려워 기척을 지운 소량이었다.

거미줄처럼 뻗은 나전현의 저잣거리 사이로 일곱 명의 신형이 은밀하게 움직이고 있는 것을 발견한 소량이 그중 한 명의 뒤를 쫓아 신형을 날렸다.

잠시 뒤, 용가포목점(庸家布木店) 앞에서 몹시 조그마한 신음이 들려왔다.

"크흑!"

고요한 밤이라 겨우 들린 신음이었지, 아마 대낮이었다면 들리지도 않았으리라.

그 뒤로 이어진 신음도 마찬가지였다. 소량이 머무는 문수객잔 앞에서도 신음이 한 번 터졌고, 부용당과점(芙蓉糖菓店) 앞에서도 신음이 터졌다.

신음은 계속해서 다섯 번이 울려 퍼졌다.

"크헉!"

흑의에 복면을 착용한 무인 하나가 스르르 무너졌다. 단숨에 혼혈과 동시에 마혈을 짚이고 만 것이다. 소량은 그를 안 듯이 받아내고는 벽면에 대충 뉘여 놓았다.

'마인은 아니야. 마기도 살기도 느껴지지 않는다. 일개 낭인… 매인(賣人)하는 자들인가?'

소량의 시선이 두어 건물 너머로 향했다. 바로 그곳에 일곱 번째 사내가 있으리라.

소량은 그는 잡지 않고 가만히 놔둘 생각이었다.

소량의 신형이 위로 솟구쳤다. 건물의 기와를 밟으며 껑충껑충 뛰는데, 놀랍게도 소리 한 점 들려오지 않는다.

"으으음."

야음을 틈타 움직이던 파락호, 금중치(金重値)가 찝찝한 표정을 지었다. 벌써 십여 년째 매인을 해오고 있었지만 오늘처럼 찝찝한 날이 없었다.

'느낌이 좋질 않아.'

분명히 느낌이 좋지 않은데, 불안하기 짝이 없는데 그 이유를 모르겠다. 금중치는 몇 번이나 주위를 둘러보다가, 이내 결심한 듯 손을 모아 새 울음소리를 냈다.

삐익—

새 울음소리를 내어 동료를 부른 다음에는, 재빨리 몸을 뒤로 빼어 근처의 야산으로 향한다.

'느낌이 좋지 않아, 그것도 아주 좋지 않아!'

이런 날에는 꼭 사단이 나고 만다.

오 년 전에 포두에게 잡혔을 때에도 이와 비슷한 기분을 느졌고, 삼 년 전에 도박장에서 은자 십오 냥을 잃을 때에도 마찬가지였다.

야산에 들어선 금중치는 초조한 얼굴로 달음박질쳤다.

중턱에 있는 너럭바위 앞에 도착하자 금중치가 주위를 둘러보았다. 올빼미가 우는 소리 외에는 아무런 소리도 들리지 않고 아무것도 보이지 않는다는 것을 확인한 금중치가 너럭바위 옆 돌멩이를 꾹 눌렀다.

'분명히 느낌이 좋지 않은데… 내 착각이었나?'

금중치가 그렇게 생각할 때였다.

금중치는 갑자기 졸음이 가득히 밀려오는 것을 느꼈다. 몸이 마비되는 것도 같았다. 금중치는 더 이상 생각을 이어가지 못하고 바닥에 쓰러져 혼절했다.

소량은 그를 내팽개쳐 둔 채 너럭바위를 바라보았다.

'찾았다.'

너럭바위가 어두컴컴한 입을 벌리고 있었다. 사람 하나 겨우 들어갈 법한 작은 틈이었지만, 이전에는 분명히 없던 틈이었다. 소량은 조심스럽게 그 안으로 걸어 들어갔다.

횃불이라도 걸려 있으면 좋겠지만, 내부에는 아무것도 없었다. 소량은 안력을 돋워 잠시 내부를 살펴보다가 태허일기공을 가득 끌어올려 기척을 감추었다.

곧 아주 천천히 소량이 움직이기 시작했다.

'무슨 동굴이 이렇게 길단 말인가? 반 각, 아니, 삼각은 족히 걸릴 것 같구나.'

자연적으로 생긴 동굴을 인간의 뜻대로 개조한 것 같았다. 소량은 반 각을 넘게 걸어가는 동안 아무도 만나지 못했고, 어떤 소리도 듣지 못했다.

통로는 점점 지하로 향하는가 싶더니, 한참을 내려가서야 다시 수평을 찾았다. 끝없이 이어지는 통로를 쫓아가던 소량이 길게 신음을 토해냈다.

일각 가까이 걸어가자 비로소 소리가 들려왔던 것이다.

그것도 청력을 돋울 대로 돋워야만 겨우 들을 수 있는 아주 작은 소리였다.

소리는 위에서 들려왔다.

"그러게 춘앵(春鶯)이는 건드리지 말라고 했지 않나."

"누가 외당주(外堂主)가 아끼는 계집일 줄 알았나? 어쩐지 신도문의 무사라고 거드름을 피우자마자 고년이 샐샐 웃더라고."

'신도문?'

소량이 물끄러미 동굴의 천장을 바라보았다.

태허일기공을 가득 끌어올려 보니, 더 많은 소리들이 들려왔다. 외당을 순찰하는 무사들이 떠드는 소리, 밤을 새워가며 외당을 청소하는 시비의 하소연 등등.

'설마 여기가 신도문의 지하란 말인가?'

소량이 믿을 수 없다는 듯 눈을 휘둥그레 떴다.

그리 오래 지나지 않아 이번에는 천장이 아닌 동굴 내부에서 인기척이 느껴졌다.

'마기(魔氣)!'

소량이 이를 질끈 깨물 즈음, 앞으로 마인 하나가 걸어 들어왔다. 그는 오자마자 목을 움켜쥐고 비명을 토해야 했다.

"커헉!"

앞뒤 가릴 것 없이 마인의 목을 후려친 소량이 그의 수혈과 마혈을 동시에 짚었다. 마인은 비명도 없이 바닥에 털썩 쓰러져 더 이상 움직이지 않았다.

"갑자기 무슨 일이냐? 클클, 계집이라도 만난… 커헉!"

또 다른 마인이 다가오자 아예 출검하여 그의 왼팔을 베어 버리는 소량이었다. 마인이 비명을 지르려 하자, 소량은 재빨리 그의 아혈과 마혈을 짚었다.

소량은 마인의 너머에 너른 공동이 있음을 알 수 있었다. 그곳에서 네 명가량의 인기척이 느껴졌다.

소량은 공동으로 들어가는 대신 기척을 최대한 죽여 공동의 입구를 피해 갔다. 내부의 상황을 알기도 전에 마인들과 상대할 수는 없는 노릇인 것이다.

그렇게 얼마를 더 걸었을까.

소량은 마침내 작은 토굴에 도착할 수 있었다.

"이, 이런."

소량은 할 말을 잃어버리고 말았다.

그곳에는 다섯 명 남짓한 아이들이 서서 물끄러미 소량을 바라보고 있었다. 아이들의 눈에는 아무 감정도 없었다. 마치 실혼인(失魂人)이 되어버린 것처럼.

다섯 명의 아이 중에 유선은 없었다.

소량이 눈을 질끈 감았다 떴다. 그리고는 무심한 눈으로 서 있는 아이들에게로 다가가 무릎을 꿇고 시선을 맞추었다.

"괜찮… 괜찮으냐?"

아이들은 여전히 소량을 바라볼 뿐 아무런 말이 없었다. 소량이 아랫입술을 짓씹으며 질문했다.

"혹시 유선이라는 아이를 아느냐?"

아이들 중 가장 나이가 많아 보이는 소년이 고개를 저었다. 아이들이 귀가 먹거나 한 것은 아니라는 것을 알아차린 소량이 침착한 어조로 질문했다.

"너희들은 어찌하여 이곳에 와 있는 게냐?"

소년이 조용히 손가락을 들어 소량의 뒤쪽을 가리켰다.

소량은 천천히 뒤를 돌아보았다. 뒤에도 토굴이 하나 있었는데, 그곳에서 커다란 숨소리가 들려왔다.

소량이 천천히 그쪽으로 다가가 작은 문을 열었다.

끼이이—

밖과 다를 바 없는 토굴이었지만, 안에는 고급스러운 침상이 하나 자리해 있었다. 침상의 위에는 소년 하나가 누워 몸을 부르르 떨고 있었다.

소년의 입에서 괴로운 듯한 한숨이 터져 나왔다.

"하, 하아아."

소년의 앞에는 수염을 지긋하게 기른 노인 한 명이 그의 단전에 장심을 가져다 대고 있었다. 그의 손등에서 검푸른 핏줄이 꿀렁이는 것과 동시에 소년이 눈에 띄게 말라갔다.

눈물로 축축했던 소년의 눈가가 눈 깜짝할 사이에 바싹 마르는 것을 본 소량의 눈에서 불꽃이 튀었다.

"그만두어라!"

소량이 버럭 고함을 지르며 검을 직선으로 곧게 뻗어갔다. 검기가 반 장 가까이 뻗어나가며 노인의 목을 찔렀다.

"흐음?"

노인은 여전히 소년의 단전에서 손을 떼지 않은 채 가볍게 손을 휘둘렀다. 장이나 권이 아닌 수도(手刀)였다.

그저 직선으로 내리긋는 것뿐인데, 그 안에는 거대한 힘이 실려 있었다.

쿠우웅!

굉음과 함께 소량이 뒤로 튕겨났다.

"크허억!"

벽면에 부딪힌 소량이 비명을 토해내었다. 노인은 여전히 아이의 손에 장심을 댄 채 미간을 좁혔다.

흡정을 방해받은 까닭에 화가 나 일격에 때려죽이려 했는데, 오히려 내기가 반탄되어 돌아왔다.

소량만큼이나 노인 역시 손해를 본 것이다.

"웬 놈이냐?"

소량의 철검에서 검기가 가득 피어올랐다. 검기가 반 장 가까이 일렁이는 것을 본 노인의 눈에 이채가 떠올랐다.

"고작 오행검인데 무위가 꽤 높구나."

노인은 결국 소년의 단전에 가져다 대고 있던 손을 떼어낼 수밖에 없었다.

자리에서 일어난 노인이 가볍게 손을 들어 올리자, 두꺼운 태감도가 저절로 날아와 노인의 손에 잡혔다.

"웬 놈이냐고 묻지 않더냐!"

가볍게 발끝을 튕기자 노인의 신형이 쏘아낸 화살처럼 소량에게로 날아왔다. 그의 손에 잡힌 태감도가 십자를 그리며 뻗어나갔다.

소량이 황급히 철검으로 원을 그려 토검세를 펼쳤다.

터엉—!

노인이 한 걸음을 뒤로 물러섰고, 소량은 네 걸음을 뒤로 물러섰다. 소량은 노인의 도에서 피어오른 것이 검기가 아니라는 것을 깨달았다.

검기가 성하면 강기에 이른다 했던가!

"검기성강."

소량은 남궁세가에서 싸웠던 마인을 떠올렸다. 도천존만은 못했지만, 소량으로서는 도저히 감당할 수 없는 금기를 가진 마인. 눈앞의 노인은 그를 떠올리게 하는 데가 있었다.

'아니, 그보다는 약해.'

소량이 철검을 들어 올려 노인을 겨누며 말했다.

"네가 화마 감사영이냐?"

"무어라?"

예상치 못한 상황을 맞이한 노인의 눈썹이 꿈틀거렸다.

"네가 감사영이냐고 물었다."

"스승님의 존함을 네가 어찌 아느냐? 네놈은 도대체 누구란 말이냐?"

노인은 소량을 알아보지 못했다. 외견만 봐서는 소량은 그저 강호에 처음 나온 어린 무인으로 보일 뿐, 절대 천애검협이라는 고수로 보이지 않는 것이다.

잔혈마도 역시 용모파기를 보았기에 추적이 가능했을 뿐 그렇지 않았다면 절대 소량을 찾아내지 못했으리라.

"화마가 스승이라고?"

 노인의 정체는 다름 아닌 신도문의 문주, 단혼신도 곽채선이었다. 그는 십여 년 전에 화마를 만나 화마공을 전수받았고, 혈마곡의 난이 벌어진 틈을 타 아이들을 납치하여 무공의 완성을 꾀하고 있었던 것이다.

"스승님의 존함을 어찌 아느냐고 묻질 않던?"

"그럼, 진유선이라는 이름은 아느냐?"

 쐐애액—!

 바람을 가르는 소리와 함께 노인, 아니, 곽채선의 도가 소량의 머리를 노리고 쏟아졌다. 기파로서 소리를 차단해 두었기 때문에 거리낌없이 초식을 펼치는 곽채선이었다.

 강기를 마주 상대해 봐야 무엇하겠는가!

 소량은 강기를 피해 나려타곤을 펼치듯 바닥을 구르더니, 육합권을 조법(爪法)처럼 펼쳐 곽채선의 발목을 잡아갔다.

"흥!"

 곽채선이 재빨리 방향을 바꾸어 도를 내리찍었다.

 소량은 이를 악물며 출수했던 손을 거두었다.

 소량이 왼손으로 바닥을 두드리자, 신형이 뒤로 주르르 미

화마(火魔) 283

끄러지는가 싶더니 곽채선의 권역에서 벗어난다. 소량은 철검을 움켜쥐고는 곽채선을 바라보며 중얼거렸다.

"진유선이라는 이름을 아느냐고 물었다."

"놈! 도대체 언제 들어왔더냐!"

소란을 알아차리고 왔는지, 공동에 있던 네 명의 마인 중 한 명이 소량에게로 뛰어들며 검을 곧게 찔러왔다.

소량은 그의 손에 어린 기운을 보고 그가 검기상인의 고수라는 것을 알아차렸다.

하지만 이상하게도 두렵지 않았다. 어쩌면 그것은 소량에게 부족했던 실전 경험이 비로소 채워지고 있었기 때문일지도 몰랐다. 소량은 무창에서 살던 때와는 비교도 할 수 없을 정도로 성장해 있었던 것이다.

"후우—"

이화접목이라!

과거 살호장군에게 했던 것처럼, 소량이 가볍게 손을 가져가 검면에 대고 슬며시 밀었다. 검면이 순간 뒤틀리더니, 마인의 옆에서 함께 달려들던 동료에게로 향했다.

"으헛?"

마인이 황급히 검로를 수습하려 할 때, 소량이 손바닥으로 그의 단전을 후려쳤다. 마인이 피를 토해냄과 동시에 검을 떨어뜨렸다.

"커헉!"

소량은 검병 끝을 손바닥으로 밀어 마인의 동료에게 쏘아보냈다. 마인의 동료의 목에 검날이 꽂혔다.

"칫!"

때를 맞춰 곽채선의 도강이 목을 노리고 달려들자, 소량은 그 즉시 나려타곤처럼 바닥을 굴러 자리에서 벗어났다.

"쥐새끼 같은 놈이로다!"

곽채선이 노호성을 터뜨리며 소량에게로 뛰어들었다.

소량은 그를 피하는 대신, 앞으로 마주 달려가 철검을 빠르게 세 번 휘둘렀다. 이른바 첩풍의 초식이었다.

철검이 마치 벽처럼 곽채선의 도강을 막아갔다.

물론 곽채선의 도강을 이겨내지 못해 뒤로 튕겨나 버리고 말았지만 말이다.

바로 그것이 소량이 노리는 바였다.

"이 개자식이… 커헉!"

튕겨나는 힘을 이용해 방향을 튼 소량이 검로의 궤적을 바꾸어 달려오던 마인의 목을 베어버렸다. 그다음에는 계속해서 원을 그려가며 앞으로 뻗어간다.

검기가 일렁이며 마지막 한 명의 마인에게로 쏟아졌다.

"흥! 당할 줄 아느냐?"

마인이 뒤로 물러나며 코웃음을 쳤다. 소량은 마인을 흘끗 보고는 곽채선 쪽으로 시선을 돌렸다.

"이, 이런!"

소량의 표정이 급변했다. 곽채선의 도강이 천지사방에 가득한 것 같은 착각을 느낀 것이다. 곽채선의 도는 소리도 기척도 없이 소량의 코앞에 다가와 있었다.

곽채선의 절기인 용무신도(龍武神刀)였는데, 그 안에는 화마공의 마기가 가득 깃들어 있었다.

'피할 수 없어!'

곽채선의 도가 상단에서 하단까지 가로로 베어오는데, 하필이면 벽을 등진 까닭에 뒤로 물러날 수가 없다. 소량은 검기를 가득 끌어올리며 곽채선의 도를 마주 막아갔다.

쿠웅—!

"쿨럭, 쿨럭!"

굉음과 함께 소량의 신형이 벽에 파묻혔다. 전신이 바위에 맞아 으깨어지는 기분이 들었고, 검기가 깨어지며 기운이 역류한 까닭에 제법 큰 내상을 입고 말았다.

하지만 곽채선도 뒤로 두어 걸음 물러날 수밖에 없었다.

"신기한 공력이로구나."

일선공을 모르는 곽채선이 신음을 토해내었다.

도강 사이로 태허일기공의 공력이 파고들어 그의 마기를 일순간 흩어놓았던 것이다.

소랑이 벽면에서 빠져나와 비틀거리며 뒤로 물러날 때였다. 귓가에 흡정을 당하던 아이의 신음소리가 들려왔다.

"으, 으으으."

'이런, 죽어가는가?'

마음이 급해진 소랑이 당황한 시선으로 곽채선을 바라보았다. 조금의 시간만 더 지난다면 아이는 손써볼 새도 없이 목숨을 잃고 말 텐데, 곽채선을 상대할 방도가 없다.

그때, 한 가지 방법이 떠올랐다.

'태룡과해.'

도천존의 태룡과해는 내력을 발출하여 상대를 움직이지 못하게 한 후, 마지막 순간에 가서 기운을 폭발시킨다. 그것이라면 곽채선을 어찌 상대할 수 있을 것 같았다.

문제는 한 번도 제대로 성공해 본 적이 없다는 것이었다.

곽채선을 피하던 소랑이 이를 질끈 깨물었다.

'그것밖에 방법이 없다.'

소랑이 가볍게 패검하듯 검을 허리로 가져갔다.

소랑의 검으로 기운이 집중되는 것을 느낀 곽채선이 눈을 휘둥그레 떴다.

'내력이 어찌 저 정도로!'

초조해진 곽채선이 다급히 소랑을 공격하려 했으나 일순간 몸이 멈추고 말았다. 태룡과해의 공력이 곽채선의 신형을 잡아채고 있었다.
마침내 소량의 검이 앞으로 뻗어나갔다.
콰아앙—!
소량의 검이 구불구불하게 앞으로 뻗어나가며 흡인력을 내뿜었다. 하지만 중간 이후부터는 그저 있는 힘껏 내력을 쏟아내고 만다. 이번에도 태룡과해는 실패하고 만 것이다.
하지만 그 위력은 대동소이했다.
"노, 놈!"
곽채선이 눈을 부릅떴다. 소량의 검기가 도강을 반쯤이나 파고들며 흩어버린 것이다. 곽채선은 내력을 더욱 끌어올리는 동시에 옆의 마인을 끌어당겨 소량에게 던졌다.
"허억? 신도문주! 이게 무슨 짓… 크아악!"
마인이 비명을 토해내며 반으로 쪼개지는 것과 동시에 곽채선의 도가 튕겨났다. 내력을 한 번에 모두 발출해 버린 탓에 소량의 검은 시신을 쪼개고도 계속 뻗어 나왔던 것이다.
드드드—
곽채선의 도강과 소량의 검기가 마주친 탓인지 동굴에 한 차례 진동이 일어났다. 위쪽에서 고함 소리가 들려왔다.
"무슨 일이냐!"
"문주! 문주의 집무실에서 소란이 일어났다!"

곽채선의 얼굴이 딱딱하게 굳어갔다. 곽채선은 위를 흘끔 올려다보고는 다시 소량에게로 시선을 내렸다.

"쿨럭, 쿨럭!"

소량이 거칠게 기침을 토해내며 지친 눈을 감았다 떴다. 태룡과해가 실패하며 한 번에 모든 내력이 빨려 들어가고 만 것이다. 또다시 내력만 폭주시키고 말았다.

하지만 소량은 태룡과해의 또 다른 단초를 잡을 수 있었다.

'인으로 드러나고 용 속에 숨는다. 검기를 안으로 끌어들여 최대한 응축시켜야 한다. 강기까지야 이룰 수 있겠냐만 비슷한 형상은 취해야 해.'

소량이 그렇게 생각할 때였다.

창백한 얼굴로 소량과 위를 번갈아 바라보던 곽채선이 이를 뿌드득 갈았다. 처음에는 수하들을 불러 소량을 공격하게 할까 했는데, 바로 신도문 밑에 동굴이 뚫려 있는 이유를 설명할 수가 없다. 이대로 소량을 죽이고 가든가, 아니면 자리를 피하든가 결정을 해야 하는 것이다.

토굴이 무너지고 있다는 사실이 곽채선의 결정에 도움을 주었다. 곽채선이 소량을 바라보다 말고 이를 드러내며 웃었다.

"살아날 수 있겠느냐?"

"그게 무슨……."

소량이 눈을 휘둥그레 뜰 때였다. 곽채선의 신형이 토굴의 벽면을 두어 번 밟고 솟구치는가 싶더니 이내 위쪽으로 사라졌다.

그와 동시에 토굴이 떨리는 소리가 더더욱 커졌다.

소량은 눈을 휘둥그레 뜬 채로 곽채선에게 흡정을 당하던 아이에게로 달려들었다. 아이를 껴안은 소량이 다급히 뒤로 달음박질쳤다.

쿠쿠쿵—

소량의 등 뒤로 흙이 무너지는 소리가 났다. 소량은 토굴을 빠져나오자마자, 멍하니 서 있는 다섯 명의 아이를 발견할 수 있었다.

"뒤로 뛰어라!"

소량이 아이들에게 말했지만, 아이들은 움직일 생각을 하지 않았다. 소량이 재차 고함을 지르자 아이들이 주춤주춤 뒤로 돌아 달리기 시작했다.

등 뒤로 계속해서 토굴이 무너져 내렸다. 마치 당장에라도 잡아먹을 것처럼 바로 뒤에서 흙먼지가 일어났다.

그렇게 얼마가 지났을까.

실제로는 얼마 안 되는 시간이었지만, 소량은 마치 십 년은 지난 듯한 기분을 느꼈다. 다섯이나 되는 아이를 보호하며 달려야 했으니 얼마나 초조했는지 짐작할 수 있으리라.

쾨쾅!

굉음과 함께 소량의 뒤로 돌덩이들이 떨어졌다. 소량은 바닥에 넘어지다시피 몸을 던지고는 뒤를 돌아보았다. 바로 소량의 발치 끝에 집채만 한 바위가 자리해 있다.

'겨우 목숨을 건졌구나.'

말 그대로 구사일생이었다.

"후, 후우—"

소량이 크게 심호흡을 하고는 고개를 돌려 아이들을 바라보았다. 괜찮느냐고 물으려 했는데, 아이들의 텅 빈 시선을 보자 소량은 아무런 말도 할 수가 없었다.

감정마저 잃어버린 아이들에게 무슨 말을 해주어야 할까.

"…가자."

소량은 문득 동생들에게 해주고 싶은 말을 떠올렸다.

소량이 서글프게 웃으며 말했다.

"집으로 가자."

이 어두운 곳을 벗어나 너럭바위의 작은 틈을 건너, 산을 내려가 집으로, 그들을 기다리는 부모에게로.

소량은 아이들의 손을 잡고 걸음을 옮겼다.

아무런 감정도 없는 아이들이었지만, 너럭바위를 지나자

화마(火魔) 291

그들의 표정에 한 가지 감정이 배어났다. 그것은 산을 내려가면 내려갈수록 더더욱 심해졌다. 아이들은 나전현에 도착하자마자 그들을 기다리는 사람들에게로 달음박질쳤다.

"엄마!"

아이들의 눈에 떠오른 것은 그리움이었다.

2

소량이 아이들과 함께 야산을 내려가고 있을 무렵이었다.

곽채선은 먼지투성이가 된 채로 오만상을 찌푸렸다.

폭음과 함께 그가 머물던 서도관(書刀館)이 무너지는 바람에 문도들이 수도 없이 달려와 소란을 피우고 있었던 것이다.

신도문의 장로들도 초조한지 계속 질문을 던져댔다.

"혈마곡의 습격이라니! 그게 정말이오, 문주?"

"정체 모를 흉수이긴 했으나 그렇다고 짐작하오."

신도문의 장로, 윤소평(尹素平)의 질문에 곽채선이 고개를 끄덕였다. 너무 많은 이목이 쏠려 성가시던 참이었기에 곽채선의 말투는 퉁명스러웠다.

"제법 고강한 자였소. 나로서도 겨우 몸을 빼는 것이 고작이었소이다."

"허어―"

윤소평이 물끄러미 뒤를 돌아보았다. 아직 지반이 완전히 꺼지지 않았는지, 서도관은 간헐적으로 우지끈 소리를 내며 아래로 가라앉고 있었다.

'나의 정체를 아는 놈이 만약 살아 있다면 문제가 복잡해진다.'

곽채선이 서도관을 바라보다 말고 눈을 지그시 감았다.

"서도관을 무너뜨린 것을 보니 적지 않은 준비를 하고 온 듯하오. 무림맹에 서둘러 이 사실을 알려야 하외다."

그가 살아 있다면 자신의 정체가 퍼져 나가는 것은 명약관화한 일. 머지않아 무림맹의 조사관이 파견될 터, 차라리 자신의 손으로 부르는 것이 의혹을 줄이는 길이 될 터였다.

윤소평이 당연하다는 듯 고개를 끄덕였다.

"그렇게 하겠소이다. 그보다 먼저 수하들을 풀어 서도관의 조사를 해야……."

"그것은 신의대(新意隊)에 맡길 예정이외다만."

곽채선의 말에 윤소평이 미간을 찌푸렸다. '새로운 뜻'이라는 의미 그대로, 신의대는 신도문의 확장과 함께 새로 만들어진 대였다. 문주는 문도들을 독단으로 운용하기 시작하더니 마침내는 사병에 가까운 집단을 만든 것이다.

하나 그것을 제어할 수가 없다.

가주에 대한 문도들의 신망이 워낙에 두터울뿐더러 지금 신도문이 내분을 보인다면 남검문(南劍門), 소평권가(所平拳家)들을 아우르지 못하게 되고 만다.

'문도들에게 조사를 하지 못하게 하다니, 설마 우리를 의심하는 것인가?'

장로들이 의심을 받고 있다고 생각한 윤소평이 미간을 찌푸렸다. 무언가를 곰곰이 생각하던 곽채선이 질문을 던졌다.

"윤 장로께서 정양지부에 다녀온 지 얼마 되지 않는다고 들었소만… 혹시 진유선이라는 자를 아시오?"

"진유선이라? 모르는 이름이오. 혹여 흉수와 연관이 있는 것이외까?"

윤소평이 질문하자 곽채선이 고개를 저었다. 공연히 장로들을 끌어들여 문제를 복잡하게 할 생각은 없었다.

"아니, 되었소. 여하튼 이만 물러가보시오."

"다름 아닌 신도문의 본관이 습격당했소! 그런데 어찌 물러가라 하시는……!"

"문주의 명이오."

곽채선의 날카로운 시선이 윤소평에게로 향했다.

윤소평은 할 말을 잃고 말았다. 곽채선의 눈에 무언가가 이글거리는데, 그것이 살기에 가까운 것이다.

곽채선도 그것을 깨달았는지, 이내 기세를 감추었다.

'화마공의 영향인가? 노기가 쉽게 일어난다.'

순간적으로 윤소평을 일도에 베어버리고 싶은 느낌이 들 정도였다. 곽채선은 서둘러 마기를 수습했다.

"내상이 있을까 저어되어 그렇소. 한시 바삐 운기를 하고 싶소이다. 내 잠시 뒤에 나와 상황을 마저 정리하겠소."

"그렇구려. 어서 들어가 보시오, 문주."

윤소평이 알 듯 모를 듯한 눈빛으로 곽채선을 바라보다가 천천히 뒤로 물러났다.

내상이라는 말에 문도들이 염려의 시선으로 곽채선을 바라보았다. 곽채선은 한숨을 지그시 내쉬며 축객령을 내리듯 손을 흔들고는 본관 너머로 걸어갔다. 어차피 본관은 집무와 회의를 위한 곳일 뿐, 사저(私邸)는 따로 있으니 그곳으로 가려는 것이다.

곽채선이 사라지자 문도들이 웅성대기 시작했다. 개중 일부 문도들은 맹주의 명대로 조사를 하기 위해 서도관으로 향했는데, 그들이 바로 신의대였다.

사라지는 문도들의 눈에도 마기가 떠올라 있었다.

"후우—"

사저로 돌아온 곽채선이 길게 헛숨을 토해내었다. 시비마저 물리고 자신의 방에 틀어박힌 곽채선은 운기를 하는 대신 조용히 수염을 쓰다듬었다.

곧 그의 귓가에 잔잔한 목소리가 들려왔다.

"거짓말하는 재주가 제법이로구나."

곽채선이 고개를 돌려 짙은 어둠을 바라보고는, 천천히 자리에서 일어나 장읍했다.

"그럴 수밖에 없지 않습니까, 스승님. 신도문은 원한이 없는 곳입니다. 당금 강호에 신도문을 습격할 곳이 있다면 오직 혈마곡뿐일 테지요."

어둠 속에서 곽채선보다 훨씬 젊어 보이는 중년인 한 명이 걸어나왔다. 이미 이곳이 익숙한지, 중년인은 느긋하게 곽채선을 스쳐 지나가 탁자에 놓인 호롱에 대고 손끝을 튕겼다.

삼매진화(三昧眞火)인가!

부싯돌 하나 부딪치지 않았는데 호롱에 불이 붙었다.

사실 불꽃을 피워 올리는 것은 중년인에게는 너무 쉬운 일이었다. 혈마곡의 오행마 중 화마(火魔)가 불을 다루지 못하면 그것이야말로 우스운 일일 터였다.

"그래, 습격한 자는 누구더냐?"

"잘은 모르겠습니다만 젊은 고수였습니다. 허름한 마의에 낡은 철검을 든 고수였는데, 오행검을 절정까지 익힌 듯했습니다."

곽채선이 그렇게 중얼거리며 수염을 쓰다듬었다. 마기를

파괴하는 기이한 공력을 가지고 있더라는 이야기까지 마친 곽채선이 한숨처럼 중얼거렸다.

"그리고 진유선이라는 자를 찾고 있더군요."

설명을 들을수록 화마의 표정이 변해갔다. 화마의 입가에 미소가 떠오르더니, 이내 점점 커져 광소로 변했다.

"하하하! 나는 그가 누구인지 알겠구나!"

곽채선이 답변을 기다리는 얼굴로 화마를 바라보았다. 화마는 한참을 더 웃어대다가 고개를 절레절레 저으며 말했다.

"인연이란 참으로 기이하구나, 기이해. 모르겠느냐? 그가 바로 천애검협 진소량이다!"

"진소량?"

곽채선의 눈이 조금씩 커져갔다. 도천존의 삼 초식을 받아내고, 검기상인의 경지에 이른 혈마곡의 마인을 수십이나 베어낸 젊은 고수가 있다는 소문은 이미 들은 바 있다.

'천애검협이라… 과연 뛰어난 무학이었다.'

그러나 자신의 무학에 비하면 모자란 데가 있다. 어린 나이에 실전 경험을 제법 많이 쌓긴 했지만 그것이 전부인 것이다.

실제로 곽채선에게 조금만 더 시간이 있었다면 소량은 목숨을 잃어버리고 말았을 터였다.

"으음."

또다시 마기가 끓어오르자 곽채선이 신음을 토해냈다. 일이 이렇게 되어버린 데에 대한 분노가 치밀어 올랐던 것이다.

곽채선은 화마를 노려보며 원망처럼 말했다.

"무학의 완성을 서두르라 하신 명을 아직도 이해할 수 없습니다."

화마가 껄껄 웃음을 터뜨렸다.

"덕택에 이렇게 월척을 낚아내지 않았더냐? 아니, 월척이 아니라 월척 대신 송사리가 걸린 것이려나."

화마가 그렇게 중얼거리고는 뒷짐을 지고 방을 한 바퀴 돌았다. 생각에 잠겼을 때 하는 그의 습관이었다.

'설마 하니 검천존(劍天尊)이 아닌 천애검협이 걸릴 줄은 몰랐다.'

오십여 년 전, 검천존은 화마의 손에 독자(獨子)를 잃었다. 그는 혈마는 어찌할 수 없을지 몰라도 화마만큼은 반드시 죽이겠다며 미치광이가 되어 그를 쫓았다.

그것은 오십여 년이 지난 지금도 마찬가지였다.

화마는 검천존을 유인하기 위해 일부러 곽채선에게 화마공의 완성을 서두르라는 명을 내렸다. 그가 더욱 많은 아이를 납치하기를, 검천존이 그 소식을 듣고 찾아오길 바라면서.

곽채선이 최대한 흔적을 지우려 했지만 그것은 상관없는

일이었다. 흔적을 노골적으로 드러내면 함정임을 짐작할 테니까. 곽채선이 최선을 다하면 다할수록 완벽한 함정이 만들어지는 셈이었다.

그런데 검천존이 아닌 다른 무언가가 걸려들었다.

"하하하! 일이 재미있게 되었구나, 재미있게 되었어!"

화마는 그것이 재미있어 견딜 수 없다는 듯 웃었다.

"천애검협이라."

화마의 눈에 살기가 떠올랐다.

『천애협로』 4권에 계속…

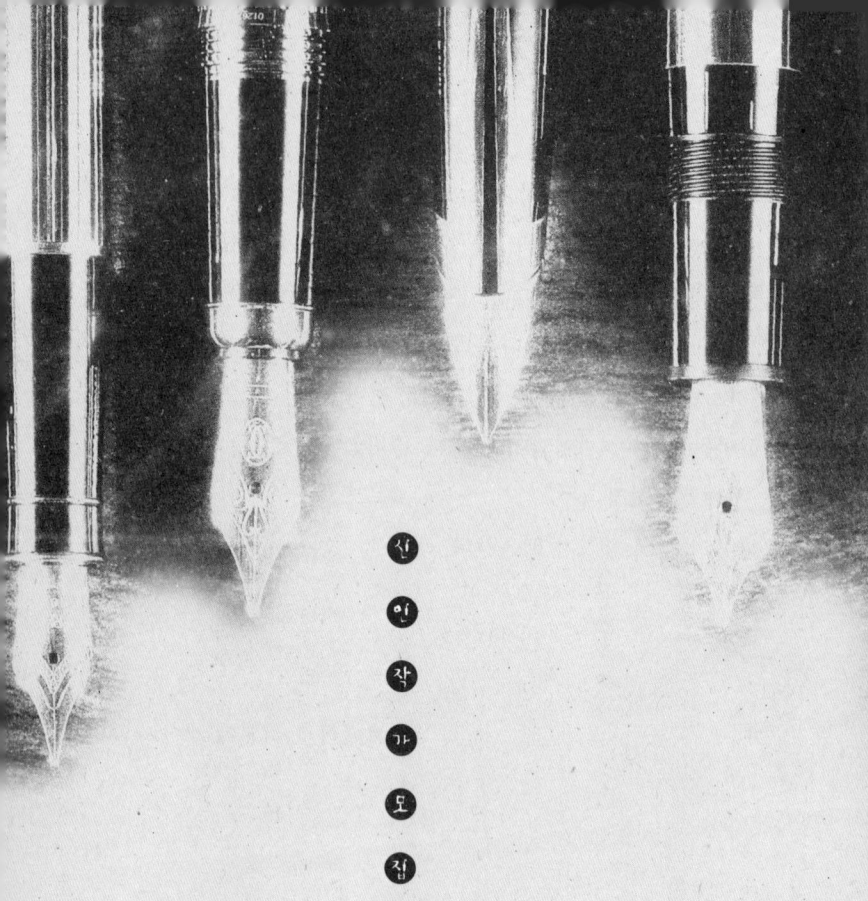

신필천하

눈매 新무협 판타지 소설

글을 적는 것으로 진의(眞意)를 깨우치는 기재(奇才).
일필득도(一筆得道)의 능력을 가진 양진양!
글자 하나에서도 철학을 읽고, 한 줄의 글귀에도 의지와 정을 담아낸다.

글씨는 마음을 그리는 것이요, 글은 사람을 귀하게 하는 법.

공력은 글씨 안에 있으니,
흘러가는 필획에서 깨달음과 내공을 얻고,
견실한 붓놀림 속에서 천하 무공이 탄생하리라!

기존의 무협은 잊어라!
하얀 종이 위에 써 내려가는 신필천하의 신화가 시작된다!

Book Publishing CHUNGEORAM

유행이 아닌 자유추구 -
WWW.chungeoram.com

秘龍潛虎
비룡잠호
오채지 新무협 판타지 소설
『백가쟁패』, 『혈기수라』의 작가 오채지가 돌아왔다!
그가 선사하는 무림기!
비룡잠호!
야만의 전사 오백으로 일만 마병을 쓰러뜨리고
홀연히 사라진 희대의 잠룡(潛龍).
그가 십 년의 은거를 깨고 강호로 나오다.
"나를 불러낸 건 실수야."
이가 갈리고 치가 떨리는
경험을 만들어주겠다!
Book Publishing CHUNGEORAM
유행이 아닌 자유추구 -
www.chungeoram.com

十變化身
십변화신

조종호 新무협 판타지 소설

"너는 죽는다."
"......!"

뇌서중은 자신도 모르게 번쩍 고개를 치켜들어 뇌력군을 올려다봤다.
"다시 말해주랴? 난호가 망혼곡에 들어가면 네놈은 반드시 죽는다."

비밀에 싸인 중원 최고의 살수문파 망혼곡(忘魂谷).
그곳에서 십 년 만에 돌아온 화사명은 기억을 지우고
평화로운 삶을 꿈꾸지만,
주위엔 가문을 위협하는 자들이 존재하고 있었으니……

그의 손엔 망혼곡 삼대기문병기
용편검(龍鞭劍), 명혼기수(冥魂起手), 엽섬비(葉閃匕).
얼굴엔 서로 다른 열 개의 괴이한 가면.

망혼곡주 십변화신! 그가 일으키는 폭풍의 무림행!

유행이 아닌 자유추구 -
WWW.chungeoram.com
Book Publishing CHUNGEORAM

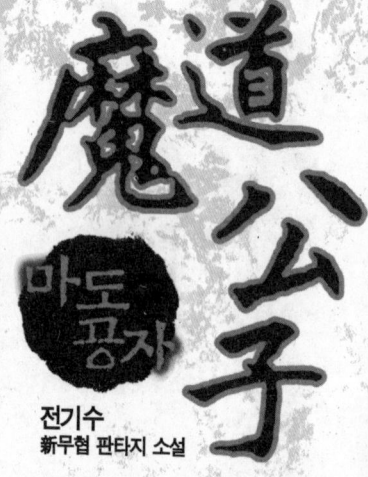

Book Publishing CHUNGEORAM

전기수
新무협 판타지 소설

2011년 새해 청어람이 자신있게 추천하는 신무협!

봉마곡에 갇힌 세 마두. 검마, 마의, 독마군.
몇십 년 동안 으르렁대며 살던 그들에게 눈 오는 아침, 하늘은 한 아이를 내려준다.

육아에는 무식한 세 마두에 의해
백호의 젖을 빨고 온갖 기를 주입당하면서 무럭무럭 성장한 마설천!

세 마두의 손에서 자라난 한 아이로 인해 이변이 일어나고,
파란이 생기고, 이윽고 강호에 새로운 바람이 불어온다!

마도를 뛰어넘어 천하를 호령할
마설천의 유쾌한 무림 소요기!

Book Publishing CHUNGEORAM

 유행이 아닌 자유추구 -
WWW.chungeoram.com

촌부 新무협 판타지 소설
FANTASTIC ORIENTAL HEROES

천애협로

『우화등선』, 『화공도담』의 뒤를 잇는
작가 촌부의 또 하나의 도가 무협!

무림맹주(武林盟主), 아미파(峨嵋派) 장문인(掌門人),
군문제일검(軍門第一劍), 남궁세가(南宮勢家)의 안주인.

그들을 키워낸 어머니-
진무신모(眞武神母) 유월향(柳月香)!

어느 날, 그녀가 실종되는데……

"하, 할머니는 누구세요?"

무한삼진의 고아, 소량(少雨)에게 찾아온 기이한 인연.

세상과 함께 호흡을 나눌 수 있다면[天地同息]
천하의 이치를 모두 얻으리라[天下之理得]!

이제, 천하제일인과 그녀가 길러낸
마지막 자손의 이야기가 펼쳐진다!

Book Publishing CHUNGEORAM

WWW.chungeoram.com

SWORD SLAYER
소드 슬레이어
류연 판타지 장편 소설

FANTASY FRONTIER SPIRIT

그날로 돌아간 그 순간부터 입버릇처럼 붙은 한마디.
"생각해라, 아서 란펠지."

귀족 반란에 휘말린 채 죽어야 했던 기사, 아서 란펠지.
600년 전 마룡 카브라로 인해 봉인당한 세 용사의 영혼.
버려진 이름없는 신전에서 그들이 만났을 때
운명은 또 다른 전설의 서막을 알렸다!

소드 슬레이어!

힘없이 죽어간 모든 인연들을 위하여
무력하고 허망했던 어제를 딛고
멈추지 않는 오늘을 달려 내일을 잡아라!

**위선에 가득찬 검들을 향해
여섯 번째 마나 소드, 에스카룬의 검이 질주한다!**

Book Publishing CHUNGEORAM

유행이 아닌 자유추구 -
WWW.chungeoram.com

홀로선별 판타지 장편.소설

DEMON
FANTASY FRONTIER SPIRIT

제일좌

BLOOD

**성마대전, 그로부터 20년…
암흑은 스러지고 빛이 찾아왔다.
세상은… 그렇게 평화로워질 것만 같았다.**

전설의 블랙 울프를 다루는 영악한 소년 마로.
하루하루 강도 높은 훈련을 받으며
숙원의 500골드를 달성한 그날!
세상은, 신성(新星)을 맞이한다!

**『기적』의 뒤를 잇는
홀로선별 작가의 또다른 이야기
『제일좌』**

**어둠을 뚫고 솟을 빛이여,
하늘의 제일좌가 되어라!**

Book Publishing CHUNGEORAM

유행이 아닌 자유추구~
WWW.chungeoram.com

2011년 대미를 장식할
준.비.된. 작가 정민교의 신무협이 온다!
『낭인무사(浪人武士)』

"죄수 번호 사천이백삼, 담운!"
"……!"
"출옥이다."

만두 하나.
고작 그 하나에 이십 년 옥살이를 한 소년, 담운.
그 답답하고 억울한 마음을 풀어낸다!

무림맹! 구대문파! 명문세가!
겉만 번지르르한 놈들은 다 사라져라!
겉과 속이 다른 너희들을 심판하러 내가 왔다!

Book Publishing CHUNGEORAM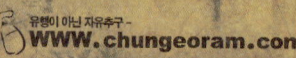